rororo

Brigitte Schuldt (Hg.)

Das große Weihnachtsbuch

Bilder von Ursula Kolarz

Rowohlt Taschenbuch Verlag

ro
ro
ro
rotfuchs

3. Auflage November 2002

Originalausgabe
Veröffentlicht im Rowohlt Taschenbuch Verlag GmbH,
Reinbek bei Hamburg, November 1996

Redaktion Ute Blaich
Umschlaggestaltung any.way, Barbara Hancke
Umschlagillustration Irene Wieland
rotfuchs-comic Jan P. Schniebel

Satz Berling PostScript, QuarkXPress 3.31
Gesamtherstellung Clausen & Bosse, Leck
Printed in Germany
ISBN 3 499 20839 3

Inhalt

Winterzeit, schön verschneit,
weiß der welten weihnachtskleid.

H. C. Artmann

Shel Silverstein

Einladung

Wenn du ein Träumer bist, komm herein!
Wenn du träumst und lügst und Wünsche hast,
wenn du fromm bist und Zauberbohnen magst,
wenn du ein Aufschneider bist –
komm, setz dich ans Feuer!
Wir erzählen uns Märchen, du und ich,
seltsam und golden und nicht ganz geheuer.
Komm herein!
Komm herein!

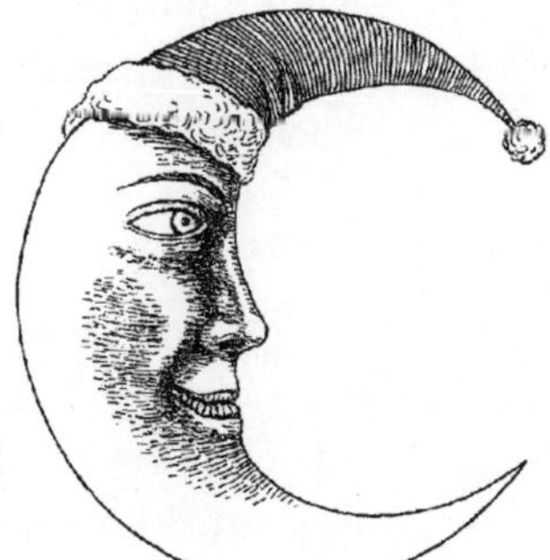

Petr Chudožilov

Die Spur im Schnee

Für Pál Mathias und seine Mutter

Ich habe schon viele wunderliche Geschichten über die Verwechslung von Engeln mit Hühnern gehört. Ein mißtrauischer Mensch zum Beispiel sah einen Engel, hielt ihn aber lieber für ein gewöhnliches Huhn. Seltener kommt es vor, daß im Gegenteil aus irgendeinem Grund ein Huhn für einen Engel gehalten wird. Daß aber ein Engel öffentlich als Engel bezeichnet wird, wobei man insgeheim denkt, es sei trotzdem nur ein gewöhnliches Huhn... Nein! Das geschieht wirklich nicht allzuoft!

Diese Geschichte hat mir Pál einst anvertraut. Ein liebenswürdiger Mensch, ein zuverlässiger Freund, ein bewundernswerter Gastgeber, vor allem aber ein hervorragender Erzähler. Hinter den Fenstern seines Hauses fiel damals langsam Schnee aus den Wolken. Allmählich brach die Dämmerung herein, wir saßen in vertrauter Behaglichkeit beisammen und erzählten einander Geschichten. Im Zimmer stand der Weihnachtsbaum bereit, schon am nächsten Tag sollten feierlich die Kerzenlichter erstrahlen. Der Ofen verströmte Wärme, es war ungemein gemütlich, und in der Luft schwebte geheimnisvoller Weihnachtsduft. Kein Wunder, daß wir begannen, von der längst verlorenen Kindheit zu reden!

Mein Freund stammt aus einem Geschlecht von Donauschwaben. Seine Vorfahren waren einst aus Deutschland weggezogen, um zwei Jahrhunderte später wieder ins Land ihrer Vorfahren zurückzukehren. «Alles haben wir verloren, nur der ungarische Akzent ist uns geblieben!» sagte mein Freund manchmal fröhlich. Das stimmte jedoch nicht so ganz. Aus Ungarn hatten die Rückwanderer auch einen ganzen Schatz von Sagen, Geschichten und Familienerinnerungen mitgebracht, außerdem eine Sammlung überlieferter Anleitungen, wie man sich im Leben richtig zu verhalten hat. Wer zum Beispiel viele Nüsse ißt, kann hundert Jahre alt werden!

Wir verstummten für eine Weile. In den Tiefen des Hauses ertönte ein kaum hörbarer Klang. Etwas bewegte sich! Die Tür knarrte leise. Durch den Flur näherten sich tastende Schritte. Im Halbdunkel des Zimmers wirkte dies furchterregend, doch mein Gastgeber bedeutete mir mit einer leichten Kopfbewegung, daß ich keine Angst zu haben bräuchte. Eine weißhaarige Frau betrat das Zimmer, die Mutter meines Freundes. Sie brachte zwei Schüsseln. Aus der einen dampfte es; dem Duft nach war darin die berühmte, aus Karpfenfleisch zubereitete ungarische Weihnachtssuppe. Die andere war mit Plätzchen gefüllt.

Das Gesicht der Mutter strahlte feierlich. Mit behutsamen Bewegungen stellte sie die Schüsseln vors Fenster. Es fielen einige liebe Worte in der mir unbekannten Sprache, die Frau blickte mich freundschaftlich an und verließ uns wieder. Die Tür fiel hinter ihr ins Schloß, die Schritte entfernten sich, eine zweite Tür knarrte, im Haus wurde es wieder still.

«Füttert ihr im Winter die Vögel vor den Fenstern?» sagte ich gedankenlos und verlegen. Das Verhalten der Mutter meines Freundes hatte mich überrascht.

«Nein», sagte er. «Das ist für den Weihnachtsengel.»

«Für einen Engel!» rief ich verblüfft.

«Aber natürlich. Stellt ihr denn dem Weihnachtsengel keine Naschereien vors Fenster?» wunderte er sich.

War das vielleicht ein Scherz? Ich trat zum Fenster, rieb die beschlagene Scheibe sauber. Die heiße Suppe dampfte im Frost. Auf einem Baum duckte sich eine durchgefrorene Amsel. Einen Engel aber sah ich nicht.

«Vorsichtig!» raunte mein Freund mir zu. Er war ganz verzückt. «Er wird jeden Moment da sein!»

Langsam trat ich zur Seite. Ein merkwürdiges, fast ängstliches Gefühl kam über mich. Es war klar, mein Freund schaute mit seinen fest geschlossenen Augen in eine andere, unbekannte, mir unzugängliche Welt! Er lächelte aufmunternd, als wollte er ein vertrautes Wesen begrüßen. Er winkte sogar schon! Ich wagte es nicht, neue Fragen zu stellen. Nach einer Weile saßen wir wieder in den gemütlichen Sesseln.

«In Ungarn stand der Himmel an Weihnachten immer voller Sterne!» setzte mein Freund das Gespräch nach längerer Pause fort. «Den Stern von Bethlehem mit dem langen Schweif habe ich leider nie gesehen. Dafür aber den Weihnachtsengel mit der Trompete.»

«Mit der Trompete!» stieß ich hervor.

«Ja!» wiederholte mein Freund ruhig. «Mit der Trompete. Mein Vater und ich machten einen Spaziergang. Die Bäume waren weiß vor Frost. Wir zogen einen kleinen Schlitten. Die Hand des Vaters wärmte die meine noch durch die dicken Handschuhe hindurch. Wie gern bin ich in der Kindheit Hand in Hand mit dem Vater spazierengegangen! Da drückten die Finger des Vaters meine Hand plötzlich ganz fest. Über uns schwebte ein Engel. In seinen Flügeln wechselten sich weiße und rosarote Federn ab. Sein braunes, lose geschnittenes Engelshemd wurde von einem schmalen Ledergürtel zusammengehalten. Unten lugten nackte Füße hervor. Der Engel fror bestimmt fürchterlich, er sah jedoch keineswegs unzufrieden aus. Auf seiner Stirn glänzte ein Stern. Der Engel blies in eine sehr lange, dünne Trompete. Es klang feierlich, ein wenig wehmütig. Dann löste er sich auf wie Dampf in der Luft.»

«In der Dämmerung», fuhr mein Freund fort, «stellte die Mutter Schüsseln mit Leckerbissen vors Fenster. Für den Engel! Hinter dem Vorhang versteckt wartete ich, was geschehen würde. Unsere gefräßigen Hühner trippelten herbei. Wie wild pickten sie in die Schüsseln, die Krümelchen stoben davon. Langsam tauchte aus der Dunkelheit der Engel auf. Er legte die Trompete in den Schnee, nickte mir zu, nahm sich mit zwei Fingern einige Brocken aus der Schüssel. Die Hühner traten ehrfurchtsvoll zurück. Sogar der Hahn machte dem seltenen Flügeltier Platz! Der Engel lächelte, blies in die Trompete, stieß sich mit den nackten Füßen vom Schnee ab und flog wieder in den Himmel zurück. ‹Hast du den Engel gesehen?› fragte mich die Mutter. ‹Er war da!› rief ich. Das Bäumchen leuchtete. Das Weihnachtsfest war da.»

«Du erzählst wirklich sehr schön!» rief ich.

«Hör mal!» sagte mein Freund tadelnd. Er hatte meine Zweifel herausgehört. «Ich bin noch nicht fertig! Im Laufe der Jahre lächelte meine Mutter oft amüsiert. ‹Auf der Stirn hatte er einen goldenen Stern, nicht wahr?› sagte sie jedesmal in liebenswürdig spöttelndem Ton, wenn ich meinen Eltern mitteilte, daß der Engel auch diesmal gekommen war. Nach und nach begriff ich, die Mutter glaubte längst nicht mehr an den Weihnachtsengel. Als ich fünfzehn war, überraschte sie mich mit einer unerwarteten Mitteilung. ‹Es gibt keine Engel!› verkündete sie hart. ‹Es ist ein schöner Weihnachtsbrauch, eine Schüssel vors Fenster zu stellen! Den Kindern zu erzählen, es sei für einen Engel. Gewiß! Aber du bist doch kein kleines Kind mehr! Hör auf, Märchen zu erfinden!›

‹Doch! Komm doch selbst schauen!› sagte ich ganz ruhig zu ihr. Zum ersten Mal benutzte ich in einem Gespräch mit meiner Mutter das deutsche Wort ‹doch›, sonst hatten wir uns ausschließlich auf ungarisch verständigt. Die Mutter schaute aus dem Fenster. Entsetzt schrie sie auf. Gerade trat langsam der Engel aus der Dunkelheit. Wie ein Traum, wie ein Märchen, wie Rauch von einem Feuer! Die Mutter wich zurück. ‹Wer ist das?› flüsterte sie. ‹Mein Herr, was machen Sie da?› Der Engel grinste ungezwungen. Er nahm einen Bissen aus der Schüssel. Er verneigte sich und wünschte schöne Weihnachten, das hörten wir durchs Glas hindurch sehr deutlich. Dann verschwand er in den Schneewirbeln.»

«Hat er mit euch deutsch gesprochen?» fragte ich vorsichtig.

«Ungarisch!» entgegnete mein Freund. Seine Augen blitzten schelmisch.

«Hm!» sagte ich nur.

Der Freund zuckte die Achseln. Wortlos zeigte er zum Fenster. Mit angehaltenem Atem trat ich näher, um einen besseren Ausblick zu haben. Die Schüsseln waren schon fast leer. Einige schmutzigweiße Hühner wackelten um sie herum. Da war kein Engel. Auch die durchgefrorene Amsel war fortgeflogen. Mein Freund verzog keine Miene.

«Ich mache es sonst genauso. Der Engel kommt immer!» sagte er.

Wir traten auf die Schwelle. Die Hühner sahen uns fragend an. Der Hahn hatte gerade den letzten Bissen aus der Schüssel gepickt. In dichten Flocken fiel der Schnee. Glitzernder Pulverschnee. Die Hoffnung in mir wurde immer größer; durch die Vorahnung einer Enttäuschung wurde sie noch sonderbar verstärkt.

«Schau!» seufzte mein Freund verblüfft.

Ich wollte meinen Augen nicht trauen. Im frisch gefallenen Schnee zeichnete sich eine Spur ab. Ein Wesen hatte seinen nackten Fuß in die Schneedecke gedrückt, es mußte viel größer sein als ein Huhn! Die Spur konnte von einem großen Vogel, zum Beispiel einem Schwan, stammen, aber auch von einem Menschen. Ohne weiteres hätte ein Engel sie zurücklassen können. Die Umrisse waren durch die feuchten Flocken verwischt. Von oben ertönte Flügelrauschen. Durch die Winterlandschaft hallte Trompetenklang. Ein kurzer, durchdringender, kupfern gefärbter Ton. In den Wolken sah ich den Schatten eines schwebenden Leibs. Ein Schwan? Ein Trugbild? Ein Engel? Alles wurde durch einen Windstoß weggefegt. Wir wagten nicht, laut zu reden.

Wir kehrten ins Innere des Hauses zurück. Der Freund legte Holz nach. Im Kamin knisterte es leise. Lächelnd setzte sich die alte Mutter meines Freundes zu uns. Auch sie schwieg. Wortlos schauten wir zu, wie die Dämmerung den Gegenständen im Zimmer allmählich ihre Formen nahm und sie in reinen Schein verwandelte. Meine Seele war erschüttert. War es der Schrei eines Schwans? Eine Trompete? Das kehlige Rufen eines ungarischen Engels? Können Engel Ungarisch? Wenn nicht, in welcher Sprache verständigen sie sich? Eine wirklich zufriedenstellende Antwort auf diese Fragen habe ich nie bekommen. Das ist gerade das große Geheimnis! Wunder lassen sich nicht patentieren. Überzeugende Beweise fehlen immer! Zum Glück! Ein zuverlässig garantiertes Wunder wäre gar kein Wunder mehr. Ohne Hoffnung auf Wunder aber könnten wir überhaupt nicht leben.

Ittenschwand – Basel – Kostelec nad Černými lesy – Gersbach 1991/92

Hilde Roth

Engel

Engel?
Gesehen nie.
Gehört einiges.
Manchmal –
öfter schon
wenn's mich gerade
so im letzten Moment
zurückhält von was
das schlimm verkehrt wär
dann frag ich mich doch:
Ob das ein Engel war?
Oder was sonst?
Was denn?
Etwas war's.

Brigitte Ozmec-Richter

Die Kachelofenfrau

Eine dicke runde Frau, so breit wie ein Faß, eine schöne gekachelte, glatte Ofenfrau, einen Ofen, der eine Frau ist, das wünsch' ich mir, einen Kachelofen, einen runden Ofen, eine Kachelofenfrau mit einem großen Bauch und einem weichen Popo und einem plissierten Keramikrock mit Schürzchen, wo man darin Verstecken spielen kann und einen niemand findet; ein grünes Mieder über dem dicken Busen, mit bunten Schnüren geschnürt, da hängen überall die Quasten dran, bunte, fröhliche Quasten, Hängequasten aus Farbe, und die dicken Beine stecken in weißen, sonntagsweißen Strümpfen und in schwarzen Sonntagsschnallenschuhen und zwei Schleifchen und Maschen auf den Schuhen...

Ein Pfirsichgesicht, so breit wie lang mit dicken schwabbeligen Backen, die sind rot wie die Bratäpfel, wenn ihnen heiß ist, und duften nach Bäuerin und Birnenkuchen und Butterbrot... und man braucht nur zu sagen: Schwabbelbacke, Babbelschwacke, und schon brennt und knistert es im Ofen, und den Wind hört man säuseln in der Ofentür hinter den Röcken, und der Sturm pfeift im Bauch herum, und die warme Luft ist so wohlig und weich in der Ofenfrau, in der runden Kachelofenfrau, und die Kohlen zischen unter den Bratkartoffeln, und die Ofenfrau glänzt so fröhlich in ihrem Ofengesicht, unter dem Obstkorb glänzt sie voll warmer Freude.

So heimelig ist es dann in der Stube, und der Duft wird immer stärker und groß und rosarot, wie eine warme Wolke auf dem Kopf von der Ofenfrau, dort, wo die Äpfel und Nüsse, dort, wo die vielen guten Früchte liegen und braten; einen Kuchen hat die Ofenfrau am Kopf – einen Kuchen am Kachelofen!

Da setz' ich mich dann der Ofenfrau auf den warmen Schoß, auf den plissierten Rock und die weiße Schürze, mitten auf die Blumen setz' ich mich, unter dem großen wippenden Busen sitz' ich dann, in dem schaukelnden Schoß von der Ofenfrau, auf den runden Knien, über dem struppigen Stubenhund unter den Röcken, den warmen Unterröcken, und der Hund knurrt vor Freude, und die Katze schmiegt sich ans Warme, und der Igel schaut aus dem Loch und schnuppert. Da sitze ich dann am Abend und höre im rosigroten Feuerdämmerlicht all die schönen Geschichten, die kleinen, die der Wind im Ofenbauch erzählt, und die Ofenfrau hält mich mit ihren dicken warmen schweinchenrosa Keramikhänden und wiegt mich hin und her, und ich leg' meinen Kopf in den weichen Busen, mitten hinein in das Mieder, und die Ofenfrau dampft und pfeift wie Musik, und sie trällert ein Liedchen.

Da könnte ich stundenlang träumen …

Rainer Kirsch

Vom Räuberchen, dem Rock und dem Ziegenbock

Es war einmal ein Räuberchen,
das stahl sich einen Rock.
Den Rock, den spießte auf sein Horn
ein dürrer Ziegenbock.

Räuber, Räuber, Ziegenbock.

Der Ziegenbock sprang mit dem Rock
und zog ihn in ein Heu.
Dort schleppten ihn zwei Hasen fort,
da war er nicht mehr neu.

Räuber, Räuber, Ziegenbock.
Ziegenbock und Hasen fort.

Der Jäger zielte scharf und schoß
krach bumm! aus dem Versteck.
Der Rock mit Löchern lag im Gras,
die Hasen waren weg.

Räuber, Räuber, Ziegenbock.
Ziegenbock und Hasen fort.
Hasen fort und Loch im Rock.

Der Jäger riß sich Bart und Haar
und ging in seinen Wald.
Das Räuberchen trat aus dem Busch
und sagte: Jäger, halt!

Räuber, Räuber, Ziegenbock.
Ziegenbock und Hasen fort.
Hasen fort und Loch im Rock.
Loch im Rock und Jäger, halt!

Der Jäger wurde blaß wie Eis
und fiel ins braune Moos.
Das Räuberchen besah den Rock
und ging zur Nacht noch los.

Räuber, Räuber, Ziegenbock.
Ziegenbock und Hasen fort.
Hasen fort und Loch im Rock.
Loch im Rock und Jäger, halt!
Jäger, halt und Nacht im Wald.

Es ging am nächsten finstern Ort
zu einem Schneider hin
und sagte: Flick die Löcher, hopp!
Ich brauch was anzuziehn.

**Räuber, Räuber, Ziegenbock.
Ziegenbock und Hasen fort.
Hasen fort und Loch im Rock.
Loch im Rock und Jäger, halt!
Jäger, halt und Nacht im Wald.
Nacht im Wald und Schneider,
hopp!**

Und wenn es Winter wird und schneit,
kannst tief im Wald du sehn
das Räuberchen im warmen Rock
auf kalten Wegen gehn.

Matthias Claudius

Ein Lied hinterm Ofen zu singen

Der Winter ist ein rechter Mann,
Kernfest und auf die Dauer;
Sein Fleisch fühlt sich wie Eisen an
Und scheut nicht süß noch sauer.

War je ein Mann gesund, ist er's;
Er krankt und kränkelt nimmer,
Weiß nichts von Nachtschweiß noch Vapeurs
Und schläft im kalten Zimmer.

Er zieht sein Hemd im Freien an
Und läßt's vorher nicht wärmen;
Und spottet über Fluß im Zahn
Und Kolik in Gedärmen.

Aus Blumen und aus Vogelsang
Weiß er sich nichts zu machen,
Haßt warmen Drang und warmen Klang
Und alle warmen Sachen.

Doch wenn die Füchse bellen sehr,
Wenn's Holz im Ofen knittert,
Und um den Ofen Knecht und Herr
Die Hände reibt und zittert;

Wenn Stein und Bein vor Frost zerbricht
Und Teich' und Seen krachen,
Das klingt ihm gut, das haßt er nicht,
Denn will er tot sich lachen. –

Sein Schloß von Eis liegt ganz hinaus
Beim Nordpol an dem Strande;
Doch hat er auch ein Sommerhaus
Im lieben Schweizerlande.

Da ist er denn bald dort, bald hier,
Gut Regiment zu führen.
Und wenn er durchzieht, stehen wir
Und sehn ihn an und frieren.

Isaac Bashevis Singer

Der Schnee in Chelm

Chelm war ein Dorf voller Narren, junger Narren und alter. Eines Nachts bemerkte einer, wie der Mond sich in einem Wasserfaß widerspiegelte. Alle glaubten, daß er da hineingefallen sei. Sie verschlossen das Faß ganz fest, damit der Mond nicht entwischen konnte. Als das Faß am anderen Morgen geöffnet wurde, war der Mond nicht mehr da. Die Dorfleute waren überzeugt, er sei gestohlen worden. Sie schickten nach der Polizei, und als man den Dieb nicht finden konnte, da weinten und jammerten sie.

Die berühmtesten aller Chelmer Narren waren die sieben Ältesten. Weil sie die Dorfältesten und die größten Narren waren, darum regierten sie Chelm. Sie hatten weiße Bärte und vom vielen Denken ganz hohe Stirnen.

Einmal, an einem Chanukka-Abend, schneite es ununterbrochen. Der Schnee bedeckte Chelm wie ein silbernes Tischtuch. Der Mond schien, die Sterne blinkten, und der Schnee glitzerte wie Perlen und Diamanten. Nachdenklich und mit gerunzelten Stirnen saßen die Ältesten an diesem Abend zusammen. Das Dorf brauchte dringend Geld, und sie wußten nicht, woher sie es bekommen sollten. Plötzlich rief Gronam der Obernarr und Älteste von allen: «Der Schnee ist Silber!»

«Ich sehe Perlen im Schnee!» jubelte ein anderer.

«Und ich sehe Diamanten!» rief ein dritter.

Den Dorfältesten wurde klar, daß ein Schatz vom Himmel gefallen war. Aber bald machten sie sich neue Sorgen. Die

Chelmer liefen gerne draußen herum, und sie würden ganz sicher den Schatz zertrampeln. Was war da zu tun? Todrus der Dumme hatte einen Einfall.

«Schicken wir einen Boten, der an alle Fenster klopft und den Leuten sagt, daß sie in ihren Häusern bleiben sollen, bis das ganze Silber, die Perlen und all die Diamanten aufgesammelt sind.»

Eine Weile waren die Dorfältesten zufrieden. Beifällig rieben sie sich die Hände. Aber da rief Lekisch der Blöde voller Sorge: «Der Bote selbst wird ja den Schatz zertrampeln!»

Die Dorfältesten stellten fest, daß Lekisch recht hatte. Angestrengt runzelten sie ihre hohen Stirnen, um eine Lösung des Problems zu finden.

«Ich hab's!» rief Schmerl der Ochse.

«Na, sag schon», baten die Ältesten.

«Der Bote darf nicht zu Fuß gehen. Er muß auf einem Tisch getragen werden, damit seine Füße den kostbaren Schnee nicht berühren.»

Alle waren entzückt von dieser Lösung. Die Ältesten klatschten in die Hände und bewunderten ihre eigene Weisheit. Sogleich ließen sie Gimpel den Botenjungen aus der Küche holen und stellten ihn auf einen Tisch. Wer sollte nun den Tisch tragen? Glücklicherweise waren in der Küche Treitel der Koch, Berl der Kartoffelschäler, Jukl der Salatmischer und Jontl, der die Gemeindegeiß zu besorgen hatte. Allen vieren wurde befohlen, den Tisch hochzuheben, auf dem Gimpel stand. Jeder packte ein Bein. Obendrauf stand Gimpel. In der Hand hielt er einen Holzhammer, mit dem er an die Fenster der Dorfleute klopfen sollte. So gingen sie los.

An jedes Fenster klopfte Gimpel mit dem Hammer und rief: «Niemand verläßt das Haus heute nacht! Ein Schatz ist vom Himmel gefallen, und es ist verboten, darauf herumzutrampeln!»

Die Chelmer hörten auf die Ältesten und blieben die ganze Nacht in den Häusern. Unterdessen saßen die Dorfältesten da und überlegten hin und her, wie sie das Beste aus dem Schatz machen könnten, wenn er erst einmal aufgesammelt war.

Todrus der Dumme schlug vor, ihn zu verkaufen und eine Gans anzuschaffen, die goldene Eier legte. Auf diese Weise hätte die Gemeinde ein ständiges Einkommen. Lekisch der Blöde hatte einen anderen Einfall. Könnten sie nicht Brillen kaufen, die alles größer erscheinen ließen? Dann würden die Häuser, die Straßen und die Läden alle größer ausschauen. Ganz klar, wenn Chelm größer ausschaute, dann würde es auch größer sein, kein Dorf mehr, sondern eine große Stadt. Sie hatten noch viele genauso geistreiche Ideen. Während sie ihre verschiedenen Pläne gegeneinander abwogen, wurde es Morgen, und die Sonne ging auf. Sie schauten aus dem Fenster und sahen, daß – o Jammer – der Schnee zertrampelt war. Die schweren Stiefel der Tischträger hatten den Schatz zerstört.

Die Chelmer Dorfältesten rauften sich die Bärte und gestanden, einen Fehler gemacht zu haben. Vielleicht, so überlegten sie, hätten vier andere die vier Männer tragen sollen, die den Tisch mit Gimpel dem Laufburschen getragen hatten? Nach langen Beratungen beschlossen die Dorfältesten, es genau so anzustellen, wenn am nächsten Chanukka-Fest wieder ein Schatz vom Himmel fallen sollte.

Obwohl die Dorfleute nun leer ausgegangen waren, hofften sie auf das nächste Jahr und lobten ihre Ältesten, auf die immer zu zählen war, wenn es galt, ein schwieriges Problem zu lösen.

Walter Kempowski

Der Schlitten

hatte schmale Eisenkufen, vorn umgebogen. Auf den eisernen Sitz war ein mit Blumen bemaltes Holzbrett geschraubt, und ein eisernes Ziergeländer sorgte dafür, daß das Kind, das mit Pudelmütze und Schal auf dem Schlitten sitzt, nicht herunterfällt.

Der Schlitten stand im Kohlenkeller, es war niemand mehr da, der ihn ziehen würde, und auch kein Kind, dem man damit hätte eine Freude machen können. Mit einem solchen Schlitten hätte man sich zu dieser Zeit nicht mehr sehen lassen können auf der Straße. Es war anderer Sport gefragt.

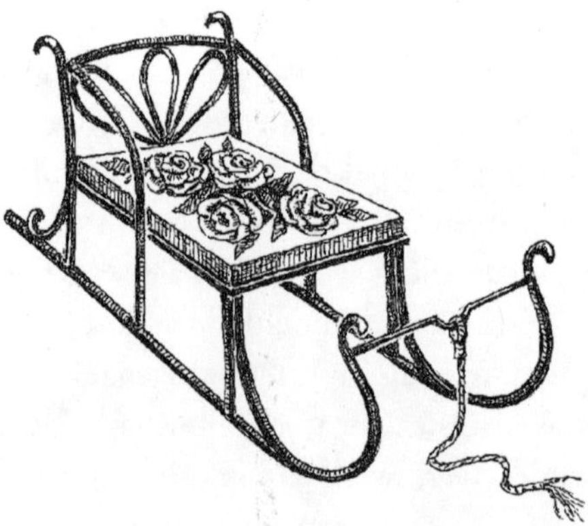

Franz Fühmann

Am Schneesee

Es war einmal ein See, der war immer voll Schnee, darum nannten ihn alle Leute nur Schneesee. Um diesen Schneesee wuchs Klee, der Schneeseeklee, der wuchs rot und grün, und darin äste ein Reh, das Schneeseekleereh, und dieses Schneeseekleereh wurde von einer Fee geliebt, die fast so schön war wie Scheherezade, der überaus anmutigen Schneeseekleerehfee.

Diese Fee hatte, wie alle Feen dieser Gegend, sechsundsechzig Zehen, fünfundsechzig zum Gehen und einen zum Drehen, und dieser sechsundsechzigste Zeh war natürlich der Schneeseekleerehfeedrehzeh.

Zehendrehen macht schrecklich Spaß, doch einmal drehte die Fee im Übermut ihren Zeh zu sehr, und da tat der Drehzeh schrecklich weh.

Zum Glück wohnte am Schneesee eine weise Frau. Die weise Frau, eine Heckenhexe mit zwei schrecklichen Hakkenhaxen, hockte grade vor einer Hucke Kräutern, als die kleine Fee gehumpelt kam.

«Guten Tag, beste Heckenhexe mit den Hackenhaxen!»

«Guten Tag, nette Schneeseekleerehfee mit den sechsundsechzig Zehen! Doch was seh ich: Du humpelst? Was hast du denn?»

Da antwortete die Schneeseekleerehfee: «Schneeseekleerehfeezehweh!»

«Gehzehweh oder Drehzehweh?»

«Drehzehweh!»

«Dann ist es nicht schlimm: Gehzehweh ist zäh und hält sich, doch Drehzehweh kommt und vergeht jäh – und wodurch vergeht es? Natürlich durch der Heckenhexe herrlichsten Tee, den hellgelben Schneeseekleerehfeedrehzehwehtee! Und einen solchen hellgelben Schneeseekleerehfeedrehzehwehtee werde ich dir jetzt brauen.»

Die Heckenhexe mit den Hackenhaxen nahm Blätter von sieben mal sieben Bäumen und Blüten aus sieben mal sieben Träumen und brachte sie mit Milch aus sieben Eutern und Wurzeln von sieben Kräutern zum Schäumen, und als der Sud sich abgeklärt hatte, wallte im Kessel der hellgelbe Tee.

Na, wenn *der* nicht bitter schmeckte!

«Trink das aus, nette Schneeseekleerehfee!»

«Auf einen Zug, beste Heckenhexe?»

«Auf einen Zug, nette Schneeseekleerehfee!»

Da trank die Schneeseekleerehfee auf einen Zug den Schneeseekleerehfeedrehzehwehteekessel aus, und als der Schneeseekleerehfeedrehzehwehteekessel ausgetrunken war, hatte der hellgelbe Schneeseekleerehfeedrehzehwehtee das Schneeseekleerehfeedrehzehweh aus dem Schneeseekleerehfeedrehzeh der Schneeseekleerehfee weggehext, und da stieß die glückliche Fee ein lautes Juchhe aus, das rings durch alle Wälder schallte. «Ich danke dir, beste Heckenhexe!»

«Ist schon gut, du nette Schneeseekleerehfee. Nun dreh aber nicht mehr so toll deinen kleinen Drehzeh!»

«Werd's bedenken, beste Heckenhexe.»

«Lerne, lerne, nette Rehfee!»

Und die Schneeseekleerehfee lief auf ihren fünfundsechzig Schneeseekleerehfeegehzehn von der Heckenhexe mit den Hackenhaxen in der Hocke vor der Hucke in den Wald zurück und freute sich ganz toll, daß das brennende Schneeseekleerehfeedrehzehweh durch den hellgelben Schneeseekleerehfeedrehzehwehtee aus dem Schneeseekleerehfeedrehzeh weggehext war, und sie lachte und klatschte in die Hände und freute sich und streichelte sacht mit ihrem sechsundsechzigsten Zeh, dem Drehzeh, das Schneeseekleereh im Schneeseeklee am See voll Schnee.

Josef Guggenmos

Ich male mir den Winter

Ich male ein Bild,
ein schönes Bild,
ich male mir den Winter.
Weiß ist das Land,
schwarz ist der Baum,
grau ist der Himmel dahinter.

Sonst ist da nichts,
da ist nirgends was,
da ist weit und breit nichts zu sehen.
Nur auf dem Baum,
auf dem schwarzen Baum
hocken zwei schwarze Krähen.

Aber die Krähen,
was tun die zwei,
was tun die zwei auf den Zweigen?
Sie sitzen dort
und fliegen nicht fort.
Sie frieren nur und schweigen.

Wer mein Bild besieht,
wie's da Winter ist,
wird den Winter durch und durch spüren.
Der zieht einen dicken Pullover an
vor lauter Zittern und Frieren.

Gerhard Rühm

das feuer

im winter schwirrte ein kleiner vogel
um ein wildes feuer, bis er sich nicht
mehr halten konnte und hinein stürzte:
da schrie das feuer wild auf, denn nun
war es wieder allein und brannte,
brannte.

Knecht Ruprecht

Der Esel, der Esel,
Wo kommt er her?
Von Wesel, von Wesel,
Er will ans Schwarze Meer.

Wer hat denn, wer hat denn
Den Esel so bepackt?
Knecht Ruprecht, Knecht Ruprecht
Mit seinem Klappersack.

Mit Nüssen, mit Äpfeln,
Mit Spielzeug allerlei,
Und Kuchen, ja Kuchen
Aus seiner Bäckerei.

Wo bäckt denn, wo bäckt denn
Knecht Ruprecht seine Speis?
In Island, in Island,
Drum ist sein Bart so weiß.

Die Rute, die Rute,
Die ist dabei verbrannt;
Heut sind die Kinder artig
Im ganzen Land.

Ach Ruprecht, ach Ruprecht,
Du lieber Weihnachtsmann:
Komm auch zu mir
Mit deinem Sack heran.

Volksgut

Wolfdietrich Schnurre

Des Hasen Heimgang

Einmal im Jahr, meist so auf Nikolaus zu, besann sich Großmutters Bruder Hugo auf uns. An sich lud Onkel Hugo Vater auch immer mit ein; aber Onkel Hugo lebte auf seinem Forsthaus hinter Schneidemühl ziemlich zurückgezogen, und so ganz ohne Menschen und bloß lauter Natur, das hielt Vater nicht aus. Mir ging es eigentlich nicht viel anders als ihm; aber ich war da besser dran, ich hatte ja Ida. Ida war die Tochter der alten Melitta, und die alte Melitta war das Mädchen für alles im Forsthaus. Ida hatte rote Zöpfe, Sommersprossen und abstehende Ohren. Sie sprach fließend Polnisch, stockend Deutsch und schielte ein wenig. Ihre Augenfarbe war grün, die Farbe ihrer Haarschleifen wochentags blau, an Sonntagen weiß.

Ida haßte die Schule und liebte den Wald. Auch Onkel Hugo liebte den Wald sehr; aber Ida sagte, das wäre gelogen.

«Wer sich tut schießen in Wald, kann Wald sich nicht lieben.»

Ich war da nicht ganz ihrer Meinung; ich hatte mir über das Schießen noch keine großen Gedanken gemacht; ich fand es aufregend, und es hatte wohl auch irgendwie was mit Abenteuern zu tun. An dieser Auffassung hielt ich so lange fest, bis die Sache mit dem Nikolaushasen passierte.

Eigentlich war gar kein Wildbret vorgesehen; Tante Else wollte sich mit der Mastente Emmy begnügen. Aber kurz vor Nikolaus traten an Emmy merkwürdige Erscheinungen auf. Sie weigerte sich plötzlich zu fressen und fiel, von einer Darmkolik unterstützt, derart vom Fleisch, daß sie an ihrem geplanten Todestag etwa den Eindruck eines gefiederten Kienspanes machte.

Ida trug während dieser Zeit einen außerordentlich höhnischen Gesichtsausdruck zur Schau; und wirklich ist es ihrer rabiaten Methode (sie hatte Emmy mit Rizinuspillen gefüttert) dann auch gelungen, der Welt ein Entenleben erhalten zu haben.

Doch es war ein Tag vor Nikolaus, und die durch Emmys Weiterleben heraufbeschworenen Schwierigkeiten waren unübersehbar.

Onkel Hugo selber hätte sich vielleicht noch mit einer fleischlosen Ersatzlösung zufriedengegeben. Denn so wild er mit seinem eisgrauen Vollbart und dem gelben Haifischgebiß auch aussah, Wirsingkohl aß er zum Beispiel sehr gern. Doch es hatte sich unglückseligerweise für den Nikolaustag ein Regierungsrat aus Schneidemühl angesagt. Dieser Mensch stand dem Amt für Forstwirtschaft vor, das Onkel Hugo ein wenig mißtraute. Man meinte dort, er tränke zuviel, und es könnten sich Situationen ergeben, in denen Onkel Hugo Wilddiebshehler für Skatbrüder hielte.

Im Grunde waren das natürlich Verleumdungen, und der Regierungsrat hatte in seinem Eiltelegramm auch klar durchblicken lassen, es käme ihm vor allem auf die würzige Winterluft an. Wie Tante Else aber sehr richtig bemerkte, schloß das den Wink, es dürfte auch Bratenduft in dieser Würze enthalten sein, nicht unbedingt aus; und es ist bestimmt noch nie so unflätig auf eine harmlose Ente geflucht worden, wie Onkel Hugo nach diesem berechtigten Hinweis auf die ehemalige Mastente Emmy geflucht hat.

Sein Zorn war für Ida, die ihn schon immer für jeden runtergefallenen Ast im Wald verantwortlich machte, ein großer Triumph.

«Muß ärgern, bis platzt», sagte sie; «dann Knall, und sich alles Waldgetier tanzt.»

Mit dem Knall sollte sie recht behalten; sonst ist es anders gekommen.

Schon am gleichen Vor-Nikolaustag wies das Schicksal deutlich auf das Nachfolgende hin.

Über der Tür zu Onkel Hugos Arbeitszimmer hing ein Etwas, das wir flüsternd «Teufelsbart» nannten. Onkel Hugo wurde jedoch nicht müde, uns zu versichern, es stellte einen ausgestopften Auerhahn dar; und zwar einen besonderen, denn als Großvater, der damals in Allenstein Amtsrichter war, den Vogel unerlaubt schoß, hätte er sich damit seine ganze Karriere verdorben. Jenem Tier also rieselte, wenn man die Tür heftig schloß, ein sanfter Sägemehlbach aus dem Hals und füllte das Zimmer mit hustenerregendem Staub.

An diesem Tag nun, da unumstößlich feststand, die pflichtvergessene Mastente Emmy hatte das Nikolauswohl sabotiert, warf Onkel Hugo die Tür seines Zimmers jedoch ein paarmal derart ins Schloß, daß jener Sägemehlbach sich unversehens in einen Mahlstrom verwandelte; und das ausgerechnet, als wir beim Abendbrot saßen.

Nachdem wir so das Schlimmste an Husten und Niesen hinter uns hatten und es der unruhig blakenden Petroleumlampe wieder gelang, den Sägemehldunst zu durchdringen, erkannten wir schaudernd, der Vogel schien Selbstmord begangen zu haben; sein Hals baumelte wurstpellenhaft nieder, und die Glasaugen blickten verdreht auf Onkel Hugo herab.

Zu allem Überfluß kam jetzt auch noch die alte Melitta mit der Kartoffelschüssel herein. Ihre Einfalt zwang ihr zuerst eine achtunggebietende Gelassenheit auf; dann jedoch sah sie das Zeichen.

«Nje dobre, Panje!» rief sie wehleidig-anklägerisch aus, und ihr gichtkrummer Zeigefinger wies auf den doppelt gestorbenen Auerhahn hin.

Schweigend aßen wir nach diesem Zwischenfall weiter.

Doch der kopfstehende Schielblick des Vogels ließ Onkel Hugo keine Ruhe.

«Ja doch!» ächzte er schließlich und beugte unvermutet die verwitterte Glatze in den Lichtkreis der Lampe.

Tante Else fuhr irritiert etwas zurück. «Was: ja doch –?»

«'n Hasen muß er vorgesetzt kriegen!» schrie Onkel Hugo und schlug mit der Faust auf den Tisch.

Ich sah entsetzt den Auerhahn an.

«Ja», sagte Tante Else ruhig, «das fürchte ich auch.»

Da erst wurde mir klar, daß sie diesen Regierungsrat meinten.

Ida hatte die Sache mit dem Auerhahn schon von ihrer Mutter erfahren. Sie hockte in der Kammer der alten Melitta am Boden und schnitt aus vergilbten Jagdzeitschriften allerlei Tiere aus. Neben ihr lag der Ikonenkasten mit der Schwarzen Madonna von Tschenstochau darin. Idas Schatten fiel drauf, man konnte nicht reinsehen, man sah nur die aufgeklebten Tiere auf dem wurmstichigen Rahmen des Kastens.

Ob auch schon ein Hase dabei wäre, fragte ich Ida.

«Hase –?» fragte sie mürrisch; «wieso?»

«Weil es morgen auf Hasenjagd geht», sagte ich.

«Gib Klebezeug her», sagte Ida.

Sie schnitt einen großen gelben Hasen aus und klebte ihn auf die rechte untere Seite des Glases, das den Ikonenkasten bedeckte. «Hase auf Madonna sein Herz; vielleicht ihm kann helfen.»

«Und der Auerhahn?» sagte ich.

Ida kniff die Augen zusammen. «Nix mit Hase zu tun», krächzte sie heiser; «meint sich Förster, verflixtes.»

Tatsächlich sah es auch anfangs so aus. Onkel Hugo schien es sogar selber zu meinen. Als ich ihm gute Nacht sagen kam, stand er, von seinem glatzköpfig-bärtigen Schatten umflackert, auf einem Schemel und versuchte, dem Auerhahn den Hals aufzurichten.

Das Schicksal wollte sich aber offenbar nicht dreinreden lassen, der Hals sackte jedesmal wieder in sich zusammen. Schließlich versetzte Onkel Hugo dem störrischen Vogel einen staubaufwirbelnden Schlag vor die Brust und stieg hustend und fluchend von seinem Schemel herunter.

«Komm mal her!» sagte er dann.

Ich bekam plötzlich Herzklopfen.

Doch auch Onkel Hugo war anscheinend nicht ganz wohl; er flüsterte auf einmal. «Wie ist das», sagte er, «du hilfst mir doch morgen, für diesen verdammten Schnüffler aus Schneidemühl 'n Hasen zu kriegen, hm?»

Ich schwieg; ich mußte an Ida denken.

«Was –?» sagte Onkel Hugo, «den Bruder Ottilies, deiner Großmutter, im Stich lassen wollen?!»

Im Stich lassen, das war ein Ausdruck, den konnte ich nie leiden. «Na, hör mal», sagte ich schwach.

«Siehst du», sagte er, jetzt wieder laut, «ich hab' doch gewußt, man kann sich auf dich verlassen.»

Mir war dumm zumute. Ich lag lange Zeit wach und versuchte, die Hasen zu hassen, weil ich doch mithelfen sollte, daß einer umgebracht würde. Es gelang jedoch nicht; ich fand, es war nichts Ernstliches vorzubringen gegen die Hasen.

Irgendwann muß ich dann aber doch eingeschlafen sein, denn ich wachte plötzlich mit dem Gefühl auf, etwas stimmte nicht in der Kammer.

Beinah hätte ich Lärm geschlagen; denn für das Christkind war es ja noch zu früh, und was da in einem bleichen Hemd in dem hellen Geviert stand, das die eisblumenglitzernde

Dachluke aus dem Mondlicht herausschnitt, konnte dann eigentlich nur ein Gespenst sein.

Es war aber bloß Ida; ich erkannte sie an den abstehenden Ohren. Die Schaftstiefel der alten Melitta sahen unter ihrem Nachthemd hervor, und sie hatte den Ikonenkasten unter dem Arm.

Was es gäbe, fragte ich unsicher.

«Kann sein, gibt sich Unglück», murmelte Ida.

Sie trat vor mich hin und legte mir den Ikonenkasten aufs Bett. Das Gesicht der Schwarzen Madonna war in der Dunkelheit nicht zu erkennen, nur das Goldpapier leuchtete stumpf. Ida räusperte sich, sie war aufgeregt. «Legen Hand obendrauf und schwören, daß morgen nix mitgehn, Hasen totschießen!»

Sie hatte die Tür aufgelassen, der Geruch von frischer Tanne wehte herein, und jetzt hörte man Tante Else im Wohnzimmer sagen: «Häng gefälligst den Kranz auch so hin, Melitta, daß der Herr Regierungsrat sich nicht den Kopf an ihm stößt.»

«Ich kann nicht», sagte ich heiser.

Ida kniff die Augen zusammen. «Kann nicht?»

«Nein», sagte ich; «Onkel Hugo –»

«Dobre.» Sie nahm den Kasten vom Bett und stolperte raus.

«Ida!» rief ich ihr nach.

«Nix Ida!» krächzte sie draußen, «wenn gehn du mit, unsre Liebe ist aus!»

Mir war ziemlich elend, als ich Onkel Hugo dann am nächsten Morgen in den Wald begleitete. Es dämmerte eben; die Sterne zwischen den Baumwipfeln verblaßten. Der Schnee flimmerte bläulich, und bei jedem Schritt schrie gläsern der Frost unter den Schuhen.

Onkel Hugo war schlechter gelaunt denn je. Es war kein Wort aus ihm rauszubringen. Der speckige Försterhut mit dem grünspanbedeckten Reichsadler dran saß ihm fast auf den Augen; sein Vollbart rauchte vor Zorn, man hatte ständig den Eindruck, der angedrohte Regierungsrat liefe schon unsichtbar neben uns her.

Irgendwas war da auch nicht in Ordnung. Denn als Onkel Hugo mal stehenblieb, um sich eine Pfeife anzustecken, waren hinter uns deutlich Schritte zu hören; und etwas später, als eben eine kaltgesichtige Wintersonne hinter den Stämmen auftauchte und sich eitel in Onkel Hugos Gewehrlauf zu spiegeln begann, kam plötzlich aus einer Fichtenschonung ein großes vereistes Holzstück geflogen und plumpste dicht vor uns in den Schnee.

Ähnliche Zwischenfälle wiederholten sich noch ein paarmal und hörten erst auf, als wir das Gelände erreichten, das Onkel Hugo zur Hasenjagd ausgewählt hatte. Es handelte sich um eine große Waldlichtung, die nach Norden zu offen war und in Weide und Ackerland überging; dort sah man eine Reihe schnurgerader Chausseebäume gegen den Himmel; die grenzten das Jagdgebiet ab.

Onkel Hugo umlief die schneeglitzernde Fläche in Richtung zur Sonne. Das Gelände war hügelig, und so stand ihm der bläßliche Glutball ein paarmal wie eine Art Heiligenschein um den Kopf, und wäre das Gewehr nicht gewesen, man hätte schwören mögen, dort kehrte ein beleidigter Nikolaus in den Himmel zurück.

Bald war Onkel Hugo nur noch ein dicker schwarzer Punkt in dem kristallenen Geflimmer; und dann, dicht vor der Baumreihe, machte er halt und hob das Gewehr hoch: das Zeichen, mit meinem Handlangerdienst zu beginnen. Der bestand darin, konservenbüchsenklappernd und den Wind im Rücken, kreuz und quer auf Onkel Hugo zuzulaufen und alle möglicherweise vorhandenen Hasen so vor mir her zu treiben.

Die Hügel waren doch höher, als ich gedacht hatte; oft verlor ich Onkel Hugo aus den Augen, und daher dachte ich erst, die frische Fußspur im Schnee stammte von ihm, und er wäre mir entgegengekommen. Doch vom nächsten Hügel aus sah ich ihn dann wieder hinten an den Chausseebäumen stehen. Ich ging zurück und betrachtete die Spur. Sie sah merkwürdig aus; die Spitzen der Stiefelabdrücke zeigten bei jedem Schritt in eine andere Richtung, anscheinend waren die Schuhe ihrem Träger zu groß. Ich verfolgte die Spur eine Weile, sie führte ebenfalls in Richtung auf die Chausseebäume hin, nur schräg übers Feld und dann parallel der Straße zurück; und jetzt sah ich, dicht vor Onkel Hugo und nur durch eine kleine Hügelkette von ihm getrennt, sich auch etwas bewegen.

Es wirkte sehr unheimlich; dort stapften zwei schlenkernde Schaftstiefel eine Bodensenke entlang, und hoch über ihnen wehte ein geblümter Kissenbezug im Wind.

Erst als ich ein gutes Stück näher dran war, entdeckte ich endlich, was diese beunruhigenden Gegenpole miteinander verband. Ich muß sagen, Ida war außerordentlich geschickt vorgegangen: eine vollkommenere Tarnung als ihr schneeweißes Nachthemd und der ebenfalls weiße Birkenstock, an dem sie den Kissenbezug gehißt hatte, war kaum denkbar. Und auch ihr Plan zeugte von einer wirklich bewundernswerten Umsicht; denn war überhaupt ein Hase auf dem Gelände gewesen, dann hätte er längst vor Idas knatternder Friedensfahne Reißaus genommen; und zwar, da Ida gegen den Wind lief, nicht auf Onkel Hugo zu, sondern von Onkel

Hugo weg. Mit anderen Worten: Theoretisch hatten Ida und die Schwarze Madonna das in Frage gestellte Hasenleben längst schon gerettet.

Doch das Schicksal ist untheoretisch; schließlich konnte es schlecht nur ein Zufall gewesen sein, daß der Auerhahnhals gerade zu so einem fatalen Termin umgeknickt war.

Und wahrhaftig: jetzt sah man im Zickzack ein Auto die Chaussee entlanggerast kommen.

Onkel Hugo es sehen und die Flinte hochreißen war eins. Aber er hatte wohl weniger das Auto als den im Zickzack vor ihm herflitzenden Hasen im Auge.

Doch auch der Chauffeur war vom Jagdfieber gepackt, er lag fast auf dem Steuerrad mit seiner füchsisch gekräuselten Nase, und ein paarmal war er dem Hasen bereits so dicht auf den Fersen, daß man schon dachte, er hätte ihn unter den Rädern; Onkel Hugo bemerkte es gar nicht.

Dem Hasen ging es ganz ähnlich. Er schlug plötzlich einen verzweifelten Haken und raste derart besessen auf Onkel Hugo zu, daß der unwillkürlich etwas zur Seite trat.

Dann allerdings krachte der Schuß, das Auto hielt an, ein schreckensbleiches Gesicht fuhr heraus, Schnee spritzte auf um den Hasen, er schoß Kobolz in der Luft und war hinter Idas Hügelkette verschwunden.

«He, saus hin!» rief Onkel Hugo rüber; «den hat's geschnappt! So», sagte er dann und ging, das Gewehr unter dem Arm, auf das Auto los, «und jetzt, du Dreckskerl, zu dir. Woll'n doch mal sehn», brüllte er, «ob dir die Lust, 'n Hasen kaputtzufahren, nicht vergeht! Hallo, Herr Regierungsrat», sagte er darauf mit veränderter Stimme zu jenem bleichen, fuchsgesichtigen Menschen, der sich jetzt mit erhobenen Händen aus dem Auto herauszwängte.

Einen Augenblick lang sahen beide sich an; dann ließ erst Onkel Hugo das Gewehr, darauf der andere die Arme sinken, und sie räusperten sich. Ich überlegte dauernd, warum mir so unbehaglich war, wenn ich den Menschen betrachtete; jetzt wußte ich es: er trug eine Auerhahnfeder am Hut.

«Rauchen wir eine Zigarre –?» fragte er Onkel Hugo.

«Aber gern», sagte Onkel Hugo und schlug die Hacken zusammen. «Übrigens –: Frohen Nikolaus, Herr Regierungsrat.»

«Danke, danke, mein Lieber», sagte der Mensch und hielt Onkel Hugo sein Etui hin.

Onkel Hugo verbeugte sich knapp. «Bin so frei, Herr. Was ist los!» schrie er dann rüber; «wie lange soll der Herr Regierungsrat auf seinen Hasen noch warten?!»

Da rannte ich los.

Genau unterhalb der Stelle, wo die Schrotkugeln den Schnee aufgequirlt hatten, und so, daß sie von der Straße her nicht zu sehen war, hockte Ida. Ich bekam einen großen Schreck, als ich sie sah. Doch es war nicht ihr Blut im Schnee, es gehörte dem Hasen. Er lag lang ausgestreckt vor ihr, und sie tupfte mit ihrem geblümten Kopfkissenbezug an einem glühend roten Loch herum, das er im Schulterblatt hatte.

«Na, was ist nu?!» schrie Onkel Hugo, mit der Zigarre fuchtelnd und den Fuß auf dem Trittbrett des Wagens. Der Regierungsmensch saß schon wieder am Steuer, er starrte paffend und mit füchsisch gekräuselter Nase herüber.

Aber auch Ida blickte mich an: blaß, schielend, sommersprossig und ernst.

Eigentlich gab es da gar nichts zu überlegen. Und ich schrie: «Nichts von dem Hasen zu sehen!»

«Blödkopp!» schrie Onkel Hugo, «such gefälligst vernünftig!»

Jetzt sagte der Regierungsmensch etwas zu ihm und sah dabei nach der Uhr; er schien Hunger zu haben.

Onkel Hugo salutierte. «Wir fahren schon vor!» schrie er; beeil dich, daß ihn Tante Else noch zurechtmachen kann!» Er stieg ein, man hörte den Motor aufheulen, und das Auto fuhr los.

«Fahren in Hölle, Hasenschinder, verflixtes!» krächzte Ida ihm nach.

Ein frommer Wunsch; denn an dem Zustand des Hasen gemessen, war der Himmel jetzt näher. Man merkte es der ständig schnuppernden Spaltnase an: sie korrespondierte schon mit Ewigkeitsdüften.

Doch Ida hatte das Versagen der Schwarzen Madonna offenbar mit dem Himmel entzweit, sie gönnte ihm den Hasen noch nicht. «Muß sich Heu kriegen», erklärte sie plötzlich.

Es hätte wenig Sinn gehabt, ihr zu sagen, daß irdischer Hunger mit dem Unabhängigkeitsbedürfnis der Hasenseele schlecht zu vereinbaren war; und so wickelten wir den Hasen in Idas geblümten Kissenbezug ein, und Ida lud ihn sich vorsichtig auf die Schulter. Sie kannte eine Wildfütterung in der Nähe, dort wollte sie die schläfrigen Lebensgeister des Hasen mit getrockneten Kleeblättern wecken.

Es hatte zu schneien begonnen. Als wir am Waldrand waren, fielen die Flocken so dicht, daß man kaum mehr die Stämme erkannte. Natürlich verliefen wir uns und hockten uns erschöpft in den Schnee.

Der Hase blickte abwesend und mit bläulich umflorten Pupillen durch uns hindurch; es war unsere Rast, *seine* Reise ging weiter.

Ida wollte es noch immer nicht wahrhaben. Sie kroch so lange im Unterholz herum, bis sie tatsächlich ein Haselgebüsch entdeckte. Sie schälte etwas Rinde ab und hielt sie dem Hasen hin. Aber außer einem Höflichkeitsschnuppern war ihm keine Appetitsbekundung mehr zu entlocken.

«Is sich noch müde», entschied Ida; «muß sich erst schlafen.»

Das kam der Wahrheit schon näher.

Einmal sah es allerdings auch so aus, als wäre die Schwarze Madonna doch mit im Spiel. Ein Reh zog an uns vorbei; wir folgten ihm lautlos, und es trat auch wirklich vor der Wildfütterung heraus.

Sie war überdacht und mit einem Heuspeicher versehen. Wir richteten uns ein Lager her unter der Traufe, und Idas Bemühungen um den Hasen begannen von neuem.

Löwenzahn, Huflattich, Klee: es war alles in Dörrform vorhanden und wurde teils deutsch, teils polnisch gepriesen. Der Hase war auch eine Zeitlang ehrlich bemüht, Ida nicht zu verstimmen; immer wieder hob er mit zunehmender Anstrengung den Kopf und heuchelte einen letzten Anstandsrest von Interesse. Dann aber erlahmte seine Beherrschung allmählich, und Ida ging dazu über, ihm die glühende Nase mit Schnee einzureiben, was ihm auch zweimal ein Niesen, sonst jedoch nichts weiter entlockte.

Langsam begann es zu dämmern. Rehe kamen und gingen. Und dann waren auch die ersten Sterne zu sehen, und fern, aus einem der Dörfer, klangen drei dünne Nikolausglockentöne herüber.

Ida war eingenickt; ihre roten Zöpfe standen ihr steif wie erfrorene Eichhörnchenschwänze vom Kopf ab.

Auch der Hase schlief. Ich deckte ihn noch etwas mit Heu

zu; dann versuchte ich mir vorzustellen, daß bald Weihnachten wäre. Ich glaube, es ist mir einigermaßen gelungen; wenn auch mehr träumend als wach. Jedenfalls weckte mich plötzlich ein Schrei; ich fuhr hoch und sah gerade noch die rennenden Schaftstiefel der alten Melitta durch das schneefunkelnde Unterholz brechen. Der Hase war weg.

Ich fand Ida heulend vor einem schwärzlich gähnenden Loch knien. Sie trommelte mit den Fäusten auf die gefrorene Schneedecke und schrie in das Loch rein:

«Sollst dich ersticken dran, Deubelsmist! Sollst dich ersticken dran, Deubelsmist!!»

Daß sie den Fuchs meinte (der sich – in der verzeihlichen Annahme, an der Wildfütterung wäre auch für ihn was zu finden – den Hasen abgeholt hatte), das begriff ich allerdings erst auf dem Nachhauseweg richtig. Bis dahin waren von Ida nur polnische Flüche zu hören.

Ich gab mir große Mühe, ihr einzureden, daß durch dieses offensichtliche Mißverständnis des Fuchses dem himmlischen Auftrieb der Hasenseele ja keinerlei Abbruch geschähe; doch Ida blieb bei ihrer Meinung: Ob der Regierungsrat den Hasen verzehrte oder der Fuchs, das liefe aufs gleiche hinaus. Eine Behauptung, deren Wahrheitsgehalt (rief man sich das Gesicht dieses Menschen nur sorgfältig genug in Erinnerung) tatsächlich nur schwer zu widerlegen war.

Das Forsthaus hob sich sternüberflimmert und in zuckrig weißer Ansichtspostkartenunschuld vom Nachthimmel ab. Ein gedämpftes Adventslied ertönte, und im Eßzimmer sah man die Kerzen vom Tannenkranz brennen.

Wir traten ans Fenster und starrten hinein.

Es war ein sehr liebevoll gebundener Kranz. Er hing der alten Melitta, die neben Tante Else stand, strahlend zu Häupten. Melitta hatte sich einen gewaltigen Perlmuttkamm in die Haare gesteckt und sah auch sonst ziemlich prächtig aus. Onkel Hugo und der Regierungsrat standen mehr rechts. Ihre Augen glänzten beim Singen, und der Punsch in ihren Gläsern, die sie dabei vor die Brust hielten, drohte überzuschwappen.

Hoch über dem Kranz war auch der Auerhahn zu erkennen. Man hatte ihm den Hals mit einer Schnur an der Decke befestigt; es sah aus, als sänge er mit.

Shel Silverstein

Standpunkt

Das Weihnachtsessen schmeckt nicht mehr,
Silvester ist auch nicht mehr schön,
versuchst du das mal aus der Sicht
von Gans und Karpfen anzusehn.

Das Sonntagsessen ist erbärmlich,
beim Osteressen wird dir mies,
wenn du das Ganze mal vom Standpunkt
der Ente und des Hähnchens siehst.

Ach, ich liebte Putenschnitzel,
knusprig, zart und angenehm,
bis ich aus der Sicht des Bratens
anfing, auf den Tisch zu sehn.

Günter Bruno Fuchs

Ein Neuruppiner Bilderbogen

für Anja

1

Aus diesem Schnee konnte man keinen Schneemann bauen. Das wissen die Häuser, die von allen Seiten her auf den Park blicken. Das wissen die Bäume, die im Park stehen, und die Bäume sagen: Das kennen wir schon, gebt euch keine Mühe! Und die Häuser sagen: Aus diesem Schnee geht's eben nicht.

Aha, sagen die Parkwächter.

Sie bücken sich, machen kleine Schneebälle aus diesem Schnee und werfen sie den klugen Häusern ans Dach und den klugen Bäumen vor die Krone.

Nanu, rufen die Häuser und Bäume, wer bewirft uns denn da?

Drei wütende Parkwächter aus Neuruppin!

Waaas? sagen die Häuser, seit wann gibt's denn wütende Parkwächter in Neuruppin?

Menschenskinder, sagen die Parkwächter, seit heute früh!

Liebe Parkwächter, sagen die Bäume, seit heute früh gibt's Schnee.

Gebt euch keine Mühe, rufen die Parkwächter, das kennen wir schon! Wir sind keine lieben Parkwächter, sondern wütend über diesen Schnee, aus dem man keinen Schneemann bauen kann.

2

Stimmt, sagt der Baumeister Schinkel, dieser Schnee ist zu kalt, zu naß! Im Winter muß jede Stadt einen Schneemann haben, das habe ich angeordnet. Eine Stadt, die im Winter keinen Schneemann hat, ist arm und traurig. Und dumm.

Er klatscht in die Hände und steigt runter vom Sockel seines Denkmals. Sein Denkmal steht mitten im Park. Er bückt sich, macht einen kleinen Schneeball aus diesem Schnee und trägt ihn in eins dieser Häuser, die von allen Seiten her auf den Park blicken.

Eins dieser Häuser ist das Rathaus.

Raten Sie mal, sagt der Baumeister Schinkel zu den Ratsleuten, was habe ich hier?

Die Ratsleute sagen: Das ist ein Schloß. Sie haben doch Schlösser gebaut.

Gut, sagt der Baumeister Schinkel, ich bin ein Sohn dieser Stadt. Ich gebe Ihnen das Schloß, und Sie geben mir Tinte und Papier.

Er legt den Schneeball auf einen Tisch, setzt sich an einen anderen Tisch und schreibt einen Brief.

3

Du lieber Himmel! schreibt der Baumeister Schinkel an den Himmel, was kann die Stadt Neuruppin dafür, daß sie eine Kleinstadt ist? Mußt Du ihr jedesmal diesen Schnee bringen, aus dem man keinen Schneemann bauen kann? Mußt Du die drei Neuruppiner Parkwächter ärgern, so sehr, daß sie wütend werden?

Die Parkwächter wollen einen Schneemann bauen, sie wollen stolz sein auf ihren Schneemann. Du aber schickst ihnen jedesmal diesen kalten nassen Schnee, der so kalt und naß ist, daß er sogar die Köpfe der Neuruppiner Ratsleute verwirrt! Ich bitte Dich, schick einen trocknen backenden Schnee! Alle Menschen, die im Winter nach Neuruppin kommen, suchen einen Schneemann und finden keinen. Das ärgert unsere drei Parkwächter. Und vor Ärger gehen sie ins Wirtshaus und trinken sehr viel.

4

Jeder Parkwächter hat schon drei große Biergläser leergetrunken. Zu dritt also neun Gläser. Neun Liter Bier.

Wir schämen uns, sagen die Parkwächter, Neuruppin hat keinen Schneemann, wir schämen uns.

Sie bestellen wieder drei große volle Biergläser. Und trinken. Man sieht, sie sind traurig. Einer der drei Parkwächter möchte am liebsten weinen.

Jetzt hat jeder Parkwächter vier Liter Bier getrunken. Zu dritt also zwölf Liter. Sie schlafen ein im Wirtshaus und träumen von besseren Zeiten.

5

Der Baumeister Schinkel fährt mit der Eisenbahn nach Berlin. Er hat vorher seinen Brief zur Post gebracht. Manchmal dauert es lange, bis solche Briefe ankommen. Deshalb fährt der Baumeister Schinkel nach Berlin. In der Eisenbahn trifft er einen Mann. Der Mann sitzt ihm gegenüber, und der Baumeister Schinkel fragt den Mann: Fahren Sie auch nach Berlin?

Ja, sagt der Mann, ich bin der Bürgermeister von Neuruppin, ich habe mein Amt verlassen. Neuruppin hat keinen Schneemann, solche Städte machen mir das Herz schwer.

Stimmt, sagt der Baumeister Schinkel.

Und außerdem, sagt der Mann, tun mir die drei Neuruppiner Parkwächter leid, die im Winter einen Schneemann bauen wollen, auf den sie stolz sein können. Aber der Schnee ist jedesmal zu kalt, zu naß. Und das in einer Stadt, in der ein großer Baumeister geboren wurde!

Stimmt, sagt der Baumeister Schinkel.

Ich möchte Parkwächter in Berlin werden, sagt der Neuruppiner Bürgermeister, ich glaube, dort gibt es Schnee, aus dem man einen Schneemann bauen kann.

Wir sind gleich in Berlin, sagt der Baumeister Schinkel, bitte helfen Sie mir!

6

In diesem Berliner Park hört man zwei Männer laut lachen. Der Neuruppiner Bürgermeister geht gebückt durch den trocknen backenden Schnee, rollt feste Schneekugeln vor sich her und rollt sie, gebückt gehend, an den Platz heran, wo der Baumeister Schinkel einen großen Schneemann baut.

Der erste Teil ist fertig. Bis zur Hüfte.

Der Baumeister Schinkel tritt zurück. Er prüft seine Arbeit und fragt den Bürgermeister:

Fällt Ihnen was auf?

Nein, sagt der Bürgermeister.

Achten Sie mal auf die Parkwege! Da gehen doch lauter Schneemänner hin und her! Wir werden beobachtet.

Stört mich nicht, sagt der Bürgermeister, ich bin froh, daß es hier lebendige Schneemänner gibt! Augenblick bitte, ich komme gleich wieder!

Der Baumeister Schinkel formt den Oberkörper des Schneemanns, setzt eine schöne runde Kugel auf den Rumpf, dann entstehen zwei Arme. Er gibt dem Schneemann die rechte Hand und begrüßt ihn einladend.

Schneemann, sagt er, wir reisen heute miteinander!

Der Schneemann antwortet nicht.

Da erscheint der Neuruppiner Bürgermeister mit einem Besen, einem Strohhut, einer sehr roten Mohrrübe und einer Handvoll Koks.

Hab ich alles von diesen Schneemännern, sagt er, die Ihnen vorhin aufgefallen sind. Diese Herrschaften handeln mit Ausstattungen für ihre Kollegen.

Der Schneemann bekommt ein Gesicht, einen Besen in die rechte Hand und einen Strohhut auf den Kopf. Und jetzt sagt er: Los, meine Herren, zeigen Sie mir die Welt!

7

Der Wirt steht am Fenster seines Wirtshauses.

Er schaut hinaus in den Neuruppiner Park, sieht die Häuser, die von allen Seiten her auf den Park blicken, sieht die Bäume, die im Park stehen, schaut zum Himmel und wieder zurück in den Park, da wird ihm plötzlich ganz heiß vor Aufregung, er traut seinen Augen nicht: Drüben gehen zwei Männer, in ihrer Mitte ein Schneemann, von beiden Männern untergehakt.

Der Wirt läuft weg vom Fenster, läuft durch das Wirtshaus, ruft in jedes Zimmer und ruft in den Keller hinein: Ich baue ein riesiges Hotel! Neuruppin ist eine Weltstadt!

Die drei schlafenden Parkwächter sind aufgewacht. Sie blinzeln einander zu, gähnen und schauen mißmutig zum Fenster.

Menschenskinder, sagt der erste.

Da ist ja…, sagt der zweite.

Das ist ja ein erwachsener Schneemann!

Einer? fragt der erste, einer? Ich sehe noch einen!

Ja, sagt der zweite, du hast recht, ich sehe auch zwei! Aber vom Bahnhof kommen ja noch mehr!

Eben hielt die Berliner Eisenbahn, sagt der Wirt.

Himmel, rufen die drei Parkwächter, es schneit ja!

Ja, es schneit, sagt der Wirt.

Sterne! rufen die Parkwächter.

Quatsch, sagt der Wirt, Flocken!

Schnee! sagen die Parkwächter. Sie steigen auf den Tisch und tanzen.

Schnee, sagt der Wirt, Neuruppin ist eine Weltstadt! Runter vom Tisch, geht an eure Arbeit!

Wo sind die Schneemänner? rufen die tanzenden Parkwächter.

Dort, sagt der Wirt und zeigt auf das Denkmal des Baumeisters Schinkel, dort versammeln sie sich.

Man sieht nichts mehr, sagen die Parkwächter, alles wird zugedeckt!

Schluß mit der Tanzerei! ruft der Wirt.

Sie laufen hinaus in den trocknen backenden Schnee. Sie hüpfen und springen über ihr eigenes Lachen. Unter ihren Füßen ist mildes Erdreich. Oder Schnee, aus dem man einen Schneemann bauen kann.

Stimmt, sagt der Baumeister Schinkel und steigt auf den Sockel seines Denkmals.

Was ist denn das? rufen die Parkwächter, das kennen wir doch! Wir benehmen uns ja wie die glücklichen Kinder aus Neuruppin!

Walter Kempowski

Schlittschuhlaufen

Die Wiesentümpel waren zugefroren, das sprach sich schnell herum. Sigmund nahm die Schlittschuh über die Schulter, seine Mutter setzte ihm die Mütze zurecht, dann lief er hinaus zu den Dallwitzhofer Wiesen, wo schon reger Betrieb war.

Sigmund hätte gern auf die Mütze verzichtet, er wollte immer schon Ohrenschützer haben, wie ihn Skiläufer trugen, aber die Mutter wußte nicht, was er damit meinte: Ohrenschützer.

Die Schlittschuh saßen nicht richtig, die Halter faßten nicht, sie waren ausgeleiert. Und dann: im Mantel Schlittschuh laufen? Die andern trugen Überfallhosen und Trainingsjacken und Handschuhe aus Segeltuch!

Sigmund suchte sich einen stillen Winkel und fuhr dort seine Kreise. Das Eis war schwarz, man sah Luftblasen und zur Seite gebogene Gräser. Sigmund setzte weiße Spuren über das dunkle Eis: Am Rande des Tümpels staken Besen im Eis, damit man nicht darüber hinausläuft und einsinkt. Das hatte die Stadtverwaltung besorgt. Von seinem stillen Winkel aus sah Sigmund die Eislaufkönner «rückwärts übersetzen», größere Jungen, die weite Bogen beschrieben und nach Mädchen Ausschau hielten, rückwärts übersetzten und dann auch vorwärts. Einer dieser Eislaufkönner knallte auf Sigmund drauf, daß ihm die Luft wegblieb. Er hob ihn in die

Höhe und stellte ihn wieder aufs Eis, klopfte ihm den Eisstaub ab und hielt ihn einen Augenblick. «Geht's?» fragte er. Es tat ihm leid, daß er den kleinen Jungen umgestoßen hatte. – Aber dann mußte er weiterlaufen, rückwärts und vorwärts übersetzen, und bald wurde es ja auch schon dunkel.

Jürgen Spohn

Mein Himmel

Mein Himmel ist rosa.
Mein Himmel ist aus Marzipan.
Mein Himmel ist aus Goldpapier mit
Löchern zum Durchgucken.
Mein Himmel ist aus Bubble-Gum.
Mein Himmel ist aus warmem Licht.
Mein Himmel hat Sonne, Mond,
Lebkuchen und Sterne.
Mein Himmel ist zum Streicheln.
Mein Himmel ist mit Fransen.
Mein Himmel ist aus Schlagsahne – hm.
Mein Himmel ist aus Matsche.
Mein Himmel ist zum
Aufunddavonfliegen.

Und deiner?

Franz Hohler

Das Marzipanschwein

In einer Konditorei war um das Jahresende herum ein Marzipanschwein ausgestellt. Einmal sah es durch das Schaufenster, wie auf einem Lastwagen richtige Schweine vorbeifuhren.
«Die werden geschlachtet», sagte eine Rübentorte, «und dann ißt man sie auf.» Da atmete das Marzipanschwein ganz tief.
«Zum Glück», dachte es, «blüht mir kein solches Los.»
Und es stellte sich vor, wie es noch lange in diesem Fenster stehen und alles beobachten würde, was auf der Straße vorging, und wie sich vielleicht einmal ein zweites Marzipanschwein zu ihm gesellen würde, und wie sie dann zusammen kleine Marzipanschweinchen haben würden, denen es alles erzählen würde, was es wüßte, und es freute sich ungemein auf ein langes und erfülltes Leben.

Bringst du es jetzt noch fertig, dieses Marzipanschwein zu essen?

Josef Guggenmos

Das kommt davon

Es wohnte Graf Korbinian
in einem Schloß aus Marzipan
mit seinen sieben Knaben.

O Knaben, laßt das Knabbern sein!
Der Wind bläst, wo er will, herein
durch Löcher, rechts, links, hinten.

Die Knaben aßen auf das Haus.
Das schöne Schloß. Damit war's aus.
Sie standen auf der Wiese.

Sie standen bleich, sie standen stumm.
Sie standen da so seltsam krumm
und hielten sich den Magen.

Sie sagten (so sprach mancher schon):
Da haben wir's! Das kommt davon.
Von zuviel Süßigkeiten.

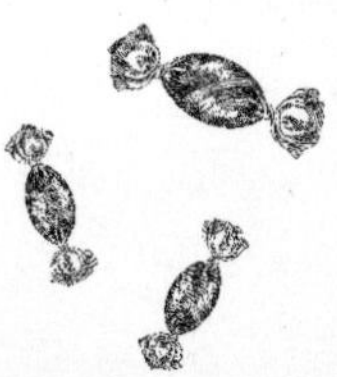

Der Elch

Ein schwedisches Wunder

Mein Großvater hat mir diese Geschichte erzählt: Vor langer, langer Zeit lebte einmal ein Arzt im Norden unseres Landes. Er wohnte in einem kleinen Dorf und betreute die Leute eines größeren Landstriches. Überall war er sehr beliebt, denn er war unermüdlich und immer freundlich und verstand sich vor allem mit den Kindern sehr. Am Rande seines Dorfes ließ er sich ein schönes Haus bauen, und dort lebte er zusammen mit einer alten Haushälterin und einem Kutscher, denn er war unvermählt.

Da es weit und breit keinen andern Doktor gab, hatte er viel, viel Arbeit, und so fuhr er sommers mit der Kutsche und winters mit dem Schlitten landauf, landab, um seine Kranken zu besuchen. Er war ein kluger Herr, und da es in jener Gegend keine Apotheke gab, machte er gleichzeitig auch den Apotheker.

Nun gab es damals einen sehr strengen Winter. Die große Kälte ließ schon frühzeitig die Flüsse einfrieren, und es warf eine Menge Schnee herab, so daß die Straßen vor allem in den Bergen meterhoch verweht waren. So konnte der Doktor nur mehr seine Kranken im Tiefland versorgen, denn die Berge und Wälder waren ungangbar geworden, und wenn er sich aus dem Dorf herauswagte, mußten er und der Kutscher Flinten mitnehmen, denn Kälte und Hunger hatten die

Wölfe und Bären aus ihren Verstecken getrieben, so daß sie die Gehöfte umkreisten. Anfangs kam hin und wieder auch noch ein Reiter aus dem Wald, aber dann kamen sie nicht mehr durch, und auch der Arzt mußte die größeren Fahrten einstellen.

Jenseits der Berge aber lag eine kleine Siedlung, und dort war ein kleines Mädchen krank geworden. Die Mutter versuchte erst alles, was man an Hausmitteln geben kann, aber als das alles nichts half und das Fieber des Kindes stieg, sagte sie zu ihrem Mann: «Du mußt um den Arzt reiten, sonst stirbt unser Kind, denn ich habe alle Arzneien vergeblich versucht. Das Mädchen ist schon ganz schwach geworden und es fiebert schon seit Tagen.» – «Frau», entgegnete der Mann, «das ist unmöglich. Du weißt, wie lieb ich unser Kind habe, aber die Wälder sind so verschneit, daß an ein Durchkommen gar nicht zu denken ist. Und selbst wenn ich mich zu Pferd durchschlagen könnte, wie sollte ich den Doktor mit dem Schlitten hierherbringen? Wir können nur warten und auf das Beste hoffen.» Aber die Frau gab nicht nach, sie drang und drang so lang in ihren Mann, er solle doch wenigstens versuchen, vom Arzt eine gute Medizin zu besorgen, daß er schließlich sein Pferd sattelte und seine Büchse nahm, um in das andere Dorf zu reiten. Doch war er kaum bis an den Waldrand gekommen, als sein Roß bis zum Leib im Schnee versank und ihn ein Rudel Wölfe umkreiste. Als er sich umwandte, stürzte gar noch sein Pferd, und nur mit Not und unter Schüssen konnte er sich wieder zu seinem Hause durchschlagen, denn die Raubtiere verfolgten ihn fast bis zur Schwelle seines Hofes.

Entmutigt und sein blutendes Pferd in den Stall führend, kam er daheim wieder an. «Frau», sagte er, «es geht nicht, ich bin nicht einmal in den Wald hineingekommen; von Durchkommen ist gar keine Rede, und zudem wird es bald finster.» Da weinte die Frau und ging in die Stube, wo das fiebernde Töchterchen lag. «Mutter, warum weinst du denn?» fragte das Kind. «Ach, gerade ist Vater zurückgekommen», antwortete die Frau, «denn er wollte für dich Medizin holen beim Doktor, aber es geht nicht, weil so viel Schnee liegt.» – «Mutter, weine nicht! Wenn du meinst, daß wir den Doktor brauchen, so will ich es dem Christkind sagen, das doch heute abend kommen muß. Du hast ja selbst heute morgen gesagt: Am Abend kommt das Christkind.» – «Aber Kind, das ist nur so ein alter Brauch, und es ist nur mehr eine Erinnerung daran, daß Christus als Kind in diese Welt gekommen ist.» – «Nein», sagte das Mädchen, «ich bin sicher, wenn ich darum bete, dann wird das Christkind auch selber kommen.»

Da ging die Mutter hinaus und sagte zu ihrem Mann: «Das Kind spricht schon wieder im Fieber.» Und dann machte sie sich daran, das Weihnachtsmahl zu richten, und dachte dabei: Das wird das letzte Weihnachtsessen für unser Töchterchen sein. Als sie aber zwischendurch einmal nach dem Mädchen sah, lag das mit roten Bäckchen und winkte der Mutter. «Ach», sagte es, «eben war das Christkind da. Es sieht aus wie ein kleiner Junge. Ich habe ihm gleich gesagt, ob es nicht den Doktor schicken kann, und es hat mir versprochen, daß es ihn gleich holen wird.» Da rief die Mutter den Vater herein, und das Mädchen mußte die Geschichte noch einmal erzählen: «Das Christkind war da; es sieht aus wie ein kleiner Junge, und es hat mir versprochen, daß es den Doktor holen wird.» – ‹Das Fieber wird weiter gestiegen sein›, dachte der Vater, ‹denn das Kind phantasiert bereits.› Die Mutter aber begann in ihrer Not etwas Hoffnung zu schöpfen.

Nun war der Abend angebrochen, und in dem Dorf, wo der Arzt wohnte, hatten sich in den Häusern die Familien versammelt; nur der Arzt war ganz allein, denn die Haushälterin und der Kutscher waren auch zu ihren Verwandten gegangen. Er war gerade dabei, Arzneien zu bereiten und eine Salbe zu reiben, als es an die Türe klopfte. «Herein!» rief er, und da trat ein kleiner Junge ein, der die Mütze abnahm und freundlich grüßte. Sein Mäntelchen war ganz voll Schnee und die Bäckchen rot vor Frost. «Ja, wer bist denn du, Kleiner?» fragte der Arzt. «Dich habe ich noch nie gesehen, und ich kenne doch sonst alle Kinder der Gegend.» – «Ich bin nur zu Weihnachten hier, und man schickt mich von drüben aus dem Dorf, weil man da Eure Hilfe braucht.» – «Du willst mich wohl zum besten halten, kleiner Schelm?» entgegnete der Arzt, «meinst du, ich wüßte nicht, wieviel Schnee draußen liegt und daß man nicht durch den Wald kommen kann? Und glaubst du, ich könnte für wahr halten, daß man einen so kleinen Jungen ausschickt? Die Bären und Wölfe würden dich sofort zerreißen, wenn du in den Wald kämst.» – «Nein», sagte der Junge, «es ist mein voller Ernst. Ich habe drüben eine kranke Schwester, und die braucht Eure Hilfe. Ihr sagt ja selbst, daß Ihr mich nicht kennt. Und wenn Ihr nicht kommt, müßte das Mädchen sterben.» – «Mein lieber Junge, selbst wenn du recht hättest, könnte ich dir nicht helfen, denn mein Kutscher ist bei seiner Familie und ich würde ihn um keinen Preis bewegen können, mich mitten in der Nacht durch den Wald zu fahren.» – «Das ist auch gar nicht nötig, denn ich habe selbst einen Schlitten dabei und werde Euch kutschieren. Und Ihr werdet auch wieder richtig zurückgebracht, habt keine Sorge!» – «Ja, aber», rief der Arzt ganz verzweifelt, «die wilden Tiere würden über uns herfallen und nur die Stiefel und Knöpfe von uns übrig lassen. Was dir einmal gelungen ist – und ich weiß, daß Gott die Kinder besonders beschützt –, würde kein zweites Mal gelingen.» – «Aber wißt Ihr denn nicht, daß wir Christnacht haben und daß da die wilden Tiere niemand etwas zuleide tun?» – «Du bist ja ein lieber Junge, und ich würde dir auch gern helfen», sagte der Arzt, «aber was du da sprichst, ist doch nur eine fromme Legende, die sich die Leute erzählen. Die Tiere wissen nicht, was im Kalender steht. So gern ich deiner Schwester helfen würde, es geht nicht, und ich darf auch dich selbst nicht der Gefahr aussetzen, jetzt heimzufahren.» Da sah ihn der Junge lang und ernst an, dann fragte er: «Habt Ihr Angst?» – «Ja.» – «Und habt Ihr kein Vertrauen auf Gott?» Da antwortete der Arzt: «Du hast recht! Es soll so geschehen, wie Gott will, und wenn du Vertrauen hast, so will ich mich von dir nicht beschämen lassen. Warte nur einen Augenblick: ich will meine Tasche und meine Flinte holen, und dann wollen wir uns auf den Weg machen. Hoffentlich hast du ein starkes Pferd.» – «Oh, Ihr werdet es gleich sehen. Und was die Flinte betrifft, so laßt sie ruhig daheim, denn wir werden sie nicht brauchen.»

Der Arzt aber dachte, besser ist besser, suchte seine Sachen zusammen und steckte sie nebst Medizinen in seine Tasche, zog seinen Mantel an und hängte die Doppelflinte um. Dann sagte er zu dem Knaben: «Wir können gehen!» Sie gingen also aus dem Haus hinaus, und richtig: da stand ein Schlitten mit einer Laterne daran. Aber als der Arzt das Zugtier sah, da mußte er sich doch die Augen ausreiben, denn da stand ein großer, großer Elch. «Ich muß schon sagen: ihr habt aber da drüben seltsame Pferde.» – «Die besten, die man sich bei diesem Wetter wünschen kann», erwiderte das Kind. Dann half

es dem Arzt in den Schlitten und deckte ihn sorgsam mit einer warmen Decke zu, setzte sich auf den Kutschbock und pfiff dem Elch. Der setzte sich sogleich mit Riesenschritten in Bewegung und zog den Schlitten wie eine Feder hinter sich her. Schnell war man aus dem Dorf hinaus, und als der Mann die Lichter der Wölfe aufleuchten sah, griff er nach seinem Gewehr. Im gleichen Augenblick aber drehte sich der Knabe um und sagte: «Laßt nur Euer Schießeisen. Ihr versteht nicht, mit Tieren umzugehen.» Da fügte sich der Mann in alles und dachte: Der kann mehr als du selber. Der Knabe aber rief den Wölfen etwas zu, und wirklich taten die großen Tiere niemand etwas zuleide. Im Gegenteil: sie liefen vor dem Schlitten her, um den Schnee festzutrampeln, und andere liefen hinterdrein. Der Elch aber kümmerte sich gar nicht um sie.

Im Wald konnte zwar auch der Elch nicht mehr so schnell laufen, aber der Schlitten blieb nie stecken, und so war man noch lange vor Mitternacht in der kleinen Siedlung. «Hier», sagte der Knabe, «ist das Haus. Geht nur einstweilen zu meiner kranken Schwester hinein!» Und damit half er dem Arzt aus dem Schlitten heraus. Der nahm seine Tasche, klopfte an die Türe und trat ein. Da schauten aber der Bauer und seine Frau, als sie den Doktor hereinkommen sahen! «Ja wie kommt denn Ihr zu uns? Wißt Ihr denn, daß unser Töchterchen krank ist?» rief der Bauer erstaunt. «Ei freilich, Ihr habt ja Euern Jungen um mich geschickt», entgegnete der Arzt, «und ich muß schon sagen: Ihr habt einen recht tüchtigen Sohn und Ihr müßt viel Gottvertrauen haben, daß Ihr das Kind so allein durch den Wald fahren laßt.» – «Wie? Was? Verzeiht, das muß ein Irrtum sein», sagte der Bauer, «denn ich habe gar keinen Sohn; das kranke Mädchen ist unser einziges Kind.» – «Nun, so ein Schlingel! Und zu mir sagt der Junge, er komme um seine kranke Schwester. Nun sagt mir nur noch: Wie habt Ihr den großen Elch dressieren können, daß er den Schlitten zieht?» Da wurde der Bauer ganz verwirrt: «Was für ein Elch?» Und der Arzt nahm ihn bei der Hand und führte ihn vors Haus. Da stand der Schlitten mit dem großen und ungewöhnlichen Zugtier, aber von dem Knaben war nichts zu sehen. «Dieses seltsame Rentier», sagte der Bauer, «gehört weder mir noch sonst jemandem in unserm Dorf. Ihr wollt mir wohl einen Bären aufbinden?» – «Nun, darüber später mehr! Führt mich erst zu der Kranken!» Und damit gingen sie wieder ins Haus und in die Stube des Mädchens. Das saß im Bett und sagte: «Mama, gerade war wieder das Christkind da und es hat gesagt, daß der Doktor schon da ist und daß ich bald wieder ganz gesund sein werde. Und dem Herrn Doktor soll ich sagen, daß der Christusknabe leider keine Zeit mehr hat, ihn heimzubringen, aber daß der Elch den Weg auch allein findet, und der Herr Doktor soll sich nicht fürchten.» Da schauten Vater, Mutter und der Arzt sich an, und der letztere sagte: «Das ist eine seltsame Geschichte.» Und der Vater: «Ja, das macht das Fieber.» – «Nein», sagte der Arzt, «hier spielt etwas ganz anderes herein.» Und zum Mädchen: «Nun, sei unbesorgt! Wenn du solchen Besuch hattest, wirst du auch sicher gesund werden.» Und er gab ihm eine Medizin, und dann setzte er sich mit den Eltern zu Tisch.

Als er am nächsten Morgen nach dem Mädchen sah, hatte es kein Fieber mehr, und der Arzt konnte wieder an seine Heimreise denken. Neugierig bin ich ja, dachte er bei sich, wie es diesmal geht!

Die Sonne war kaum aufgegangen, doch war es schon spät am Tage, als er mit dem Bauern vors Gehöft trat. «So wahr ich lebe, ein Elch!» rief der Bauer aus, «gestern glaubte ich, es wäre ein gewöhnliches Rentier.» Und damit nahmen sie Abschied. Kaum saß der Doktor im Schlitten, da zog der Elch an und schlug den Weg zum Walde ein. Dem Arzt war so allein nicht recht wohl, und er hätte viel drum gegeben, wenn der Knabe vom Vorabend dabeigewesen wäre.

Am Waldrand kauerte wieder ein Rudel Wölfe und er wollte eben zu seiner Flinte greifen, da wandte der Elch den Kopf und sprach: «Laß das nur! Sie werden uns nichts tun.» Und als der Schlitten bei den Wölfen angekommen war, sagte der Leitwolf: «Das ist der Mann, den heute nacht der himmlische Knabe herübergebracht hat und den wir nach Hause geleiten sollen.» Und damit setzte sich das Rudel in Bewegung und lief wieder teils voraus, teils hinterdrein. Zunächst ging alles gut, aber an einem steilen Hang kippte der Schlitten um und der Arzt fiel heraus. Alsbald kam ein Bär herzugelaufen, hob ihn mit seinen Pfoten vorsichtig auf und trug ihn in den Schlitten, den die Wölfe wieder aufgestellt hatten, zurück. «Hast du dir weh getan?» fragte er noch. «Nein, danke, gar nicht», antwortete der Arzt, der sich nunmehr über nichts mehr wunderte.

So fuhr man bis zum andern Waldrand, da nahmen die wilden Tiere Abschied, der Elch aber fuhr den Doktor bis zu seinem Hause. Und seitdem, so sagen die Leute, war unser Doktor ein wenig wunderlich. Man wollte gar gesehen haben, wie er im Walde mit wilden Tieren, Bären und Wölfen, gesprochen habe und daß diese ihm nichts zuleide täten, so daß er auch im Winter ohne Gefahr überall die Kranken besuchen könne.

H. C. Artmann

Die Winterbrentlerin pflegt ein Kind

Ein Senner und eine Sennerin waren miteinander den Sommer über auf der Alm. Wie der Sommer vergangen ist und der Schnee schon langsam in der Luft liegt, müssen sie hinunter ins Tal. Da bekommt aber die Dirn ein Kind.

Weil es nun früher eine Schande gewesen ist, wenn man ein lediges Kind kriegt, haben die beiden das verheimlichen müssen. Was ist ihnen andres übergeblieben? Sie haben das Kind auf der Alm zurückgelassen.

Im Tal ist es dann auch Winter geworden, aber die beiden hat ihr schlechtes Gewissen geplagt. Sie haben kaum mehr schlafen können. Geht eines schönen Tags der Knecht her und sagt zum Bauern: «Du, ich will einmal auf die Alm hinaufschauen, wie es heuer mit dem Schnee ist.»

Wie er in die eingeschneite Almhütte kommt, da findet er das Kind frisch und lebendig in einer Wiege, schön in Windeln eingewickelt ist es auch. Es schläft. Da ist er lange davorgestanden und hat nicht gewußt, was er sich denken soll, vor lauter Wunder. Jetzt wird es auf einmal Nacht, und die Tür geht auf. Wer kommt herein? Die Winterbrentlerin, das wilde Weib!

Sie hat sich aber gar nicht um den Senner geschert, gar nicht angeschaut hat sie ihn, hat mit ihrer Arbeit angefangen, alles, was eben zu tun war. Später hat sie dem Kind neue Windeln gegeben, warme Milch auch, hat es wieder eingeschläfert, ganz wie eine Mutter.

Der Senner, der das alles mit angesehen hat, ist heimlich davon. Um sein Kind hat er keine Sorge mehr zu haben brauchen. Wie die beiden im Sommer wieder auf die Alm gezogen sind, da haben sie das Kind gut gepflegt und genährt in der Almhütten vorgefunden. Später haben sie das dem Bauern gesagt. Der hat sich das Kind bringen lassen, hat eine große Freude mit ihm gehabt und hat es schließlich gar auf sich schreiben lassen.

Es gibt Leute, die behaupten, daß die Winterbrentlerin niemand anderer als die Perchtl sein soll.

Fritz Deppert

Winterwunschnacht

Kalt ist's,
der Atem dampft gegen die Laternen,
und über der Mütze
schnuppt ein Stern
quer in den Himmel.
Wünsch dir was.
Wünsch dir was,
was dir keiner von uns
erfüllen wird,
und behalte den Wunsch für dich,
damit er wachsen kann.
Und jetzt wünsch dir was,
was ich erfüllen kann,
und sag's mir ins Ohr,
ich will dein Wunscherfüller sein.
Da schnuppt schon wieder einer
quer in den Himmel,
jetzt wünsch ich mir was.
Kalt ist's,
der Atem dampft gegen die Laternen.

Manfred Hausmann

Entdeckung des Weihnachtssterns

Da der Winter mit den funkelnden Sternennächten vor der Tür steht, haben Christoph und Görge sich einen Linsensatz für DM 2,60 kommen lassen und sind allen Ernstes dabei, ein Himmelsfernrohr zu erbauen. Es soll sogar parallaktisch aufgehängt werden. Martin geht einige Tage mit den Händen in den Hosentaschen um die Arbeitenden herum und fragt sie hin und wieder etwas. Dann zieht er sich in sein Zimmerchen zurück.

«Christoph und Görge», sagt er eines Abends beim Essen, «glaubt ihr, daß ich hiermit einen Stern erkennen kann?» Er holt, sich auf dem Stuhl zur Seite neigend, eine leere Zwirnrolle aus seiner Tasche, hält sie vors Auge und richtet sie auf die Lampe über dem Tisch. «Das soll nämlich mein Fernrohr sein.»

«Zeig mal her», sagt Christoph lachend.

«Und hier habe ich eine Linse vorgemacht. Glaubst du, daß ich da einen Stern mit erkennen kann?»

Christoph blinzelt hindurch. «Natürlich kann man damit einen Stern erkennen. Alles kann man damit erkennen. Nicht ganz so gut wie mit bloßem Auge, aber immerhin.»

Der Vater möchte gern wissen, um was für eine Linse es sich handelt.

Christoph reicht ihm die Rolle. Die Linse besteht aus einer dreieckigen Glasscherbe, die Martin mit Blauköpfen vor die eine Öffnung genagelt hat.

«Das ist ja ein wunderbares Fernrohr», sagt der Vater, indem er ein Auge zukneift und gleichfalls die Lampe betrachtet. Es rieselt etwas durch ihn hindurch, Rührung, Glück, Dankbarkeit, irgendeine warme und zärtliche Empfindung.

«Glaubst du, daß ich da einen Stern mit erkennen kann?»

«Jeden Stern kannst du damit erkennen. Hier hast du es wieder!»

Aber die Mutter bittet darum, es auch einmal ausprobieren zu dürfen. Nachdem sie es von allen Seiten bewundert hat, stellt sie es vorsichtig auf den Tisch, legt die Hände vor die Augen, zieht sie ein bißchen herab und wirft dem Vater über die Fingerspitzen hinweg einen dunklen, strahlenden Blick zu; dann rollt sie es zu Martin hinüber: «Hast du aber fein gemacht!»

«Jaha...», sagt Martin. «Kann ich eigentlich den Mond da auch mit erkennen?»

«Sicher.»

«Nachher will ich mal den Mond erkennen.»

«Heute abend gibt es keinen Mond», wirft Görge ein.

«Aber Sterne?»

«Sterne genug.»

«Dann will ich mal zwei Sterne... drei Sterne will ich mal mit meinem Fernrohr erkennen.»

Sowie das Abendbrot beendet ist, läuft Martin auf die Terrasse und sucht den Himmel mit seiner Zwirnrolle ab.

Nach einer Viertelstunde schiebt er sich vorsichtig in die Bibliothek und wartet, daß der Vater, der dort die Zeitung liest, einmal aufblickt.

«Na, Martin?»

«Leider kann ich da doch keinen richtigen Stern mit erkennen.»

«Warum denn nicht?»

«Nein. Ich kann nur Punkte erkennen.»

«So sehen die Sterne eben aus. Wie Punkte.»

«In meinem Bilderbuch sehen sie aber ganz anders aus. Weißt doch, mit so Zacken herum und so.»

Der Vater denkt, die Bilderbuchmaler täten auch besser, bei der Wahrheit zu bleiben. Nun kann er zusehen, wie er dem armen Martin über die Enttäuschung hinweghilft, die sie verschuldet haben. «Die gewöhnlichen Sterne sehen tatsächlich wie Punkte aus. Und wenn du durch Christophs und Görges Fernrohr guckst, dann sehen sie immer noch wie Punkte aus. Da hilft nichts. Etwas anderes ist es wohl mit dem Weihnachtsstern. Der hat wohl diesen herrlichen Glanz und die Strahlen und alles.»

«Kann ich den Weihnachtsstern denn mal mit meinem Fernrohr erkennen?»

«Ich glaube nicht, Martin. Er scheint in unserer Zeit nicht mehr am Himmel. Ich hab' ihn jedenfalls noch nie gesehen.»

«Wie schaade!» –

Und dann kommt der Abend, an dem Christoph und Görge ihr Fernrohr zum erstenmal im Freien aufstellen, um die Wunder der Himmelswelt zu erforschen. Es ist inzwischen bitter kalt geworden, bald wird Weihnachten sein, der frisch gefallene Schnee glitzert im Sternenlicht. Die übrige Familie nimmt, in Mäntel gehüllt, an dem Ereignis Anteil. Aber Christoph und Görge haben vor lauter Leidenschaft nicht einmal ihre Jacken an. Sie wollen versuchen, die Monde des Jupiter zu beobachten. So einfach scheint es indessen nicht zu sein, eines bestimmten Sternes habhaft zu werden. Man darf das Fernrohr nur mit den Fingerspitzen berühren, denn die kleinste Bewegung läßt das tanzende Scheibchen wieder aus dem Sehfeld verschwinden.

«Trampel doch nicht so laut hier herum, Vio!»

«Welches ist denn der Jupiter?» fragt Martin.

Der Vater führt Martins Blick von einem dunklen Föhrenwipfel zum Gürtel des Orion und von dort über den Aldebaran zu den Plejaden und dann zu dem leuchtenden Stern, der schräg darüber steht. «Da ist er.»

Martin zieht den Mantel hoch und kramt in seiner Hosentasche herum. Dann setzt er sein Fernrohr an, beugt den Kopf zurück und sucht den Jupiter. Mit einem Male sagt er leise zu sich selbst: «Oh!» Und noch einmal wie erschrocken: «Oh!»

«Was ist denn?» fragt der Vater.

«Ich erkenne den Weihnachtsstern!» flüstert Martin, ohne die Zwirnrolle von seinen Augen zu nehmen.

«Wirklich? Wie sieht er denn aus?»

«Mit lauter so was dran aus Gelb und Grün und Golden.»

Da muß der Vater doch auch einmal durch Martins Fernrohr sehen. Und wirklich, es gleißt und schimmert um den Jupiter herum, daß es nur so eine Art hat. Aber der Vater erkennt auch gleich, wie das Feuerwerk zustande kommt. Auf der Glasscheibe sitzt ein fettiger Fingerabdruck über dem andern, und in den zarten Rillen bricht sich der Sternenschein, glänzt auf und versprüht zu farbigen Strahlen.

«Uh, jetzt!» ruft Christoph. «Jetzt hab' ich's! Zwei kann man sehen! Zwei Monde!» Viola hüpft von einem Bein aufs andere.

«Ich auch mal!»

«Erst ich», sagt Görge. «Du verstehst ja doch nichts davon.» Der Vater legt das Fernrohr wieder in Martins ausgestreckte Hand und sagt, daß er noch nie in seinem Leben einen so zauberhaften Stern erblickt hätte wie diesen. «Komm, Mutti soll sich auch einmal daran freuen!»

«Haben Christoph und Görge ihn auch erkannt?»

«Nein. Das Fernrohr von Christoph und Görge ist nur für gewöhnliche Sterne bestimmt.»

«Wem sein Fernrohr findest du besser, meins oder Christoph und Görge seins?»

«Ein besseres Fernrohr als das, womit man den Weihnachtsstern erblickt, kann es überhaupt auf der Welt nicht geben.»

«Oh», sagt Martin.

Johannes R. Becher

Weihnacht

Es blüht der Winter im Geäst,
Und weiße Schleier fallen.
Einsam erfriert ein Vogelnest.
Wie vormals läßt das Weihnachtsfest
Die Glocken widerhallen.

Es neigt sich über uns der Raum,
Darin auch wir uns neigen.
Es glänzt der Kindheit Sternentraum.
Ein neuer Stern blinkt hoch am Baum
Und winkt aus allen Zweigen.

Christian Morgenstern

Winternacht

Es war einmal eine Glocke,
die machte baum, baum.
Und es war einmal eine Flocke,
die fiel dazu wie im Traum.

Die fiel dazu wie im Traum...
Die sank so leis hernieder
wie ein Stück Engleingefieder
aus dem silbernen Sternenraum.

Es war einmal eine Glocke,
die machte baum, baum.
Und dazu fiel eine Flocke,
so leis als wie ein Traum.

So leis als wie ein Traum.
Und als vieltausend gefallen leis,
da war die ganze Erde weiß,
als wie von Engleinflaum.

Da war die ganze Erde weiß,
als wie von Engleinflaum.

Jörg Schubiger

Das Mädchen und der Engel

Ein Mädchen kennt einen Engel, einen gewöhnlichen Engel, blond und mit zwei Flügeln, von denen der eine schön und ganz, der andere ziemlich zerzaust ist. Er fliegt aber ohne Mühe weit in der Welt herum. Als das Mädchen mit seiner Familie nach Kreta ging, flog er mit und landete mit einer kleinen Verspätung auf dem Flugplatz von Heraklion. Er kann also überall hin, nur der Himmel ist ihm vermutlich zu weit weg.

Vor Jahren, als das Mädchen noch klein und unbesonnen war, lief es im Spiel direkt vor ein Auto. Der Engel riß es im allerletzten Moment noch von der Straße zurück. Dabei renkte er ihm einen Arm aus. Seither ist der Engel ein Freund der Familie. Er kommt meistens am Freitag, denn er ist Vegetarier. Am Freitag gibt es Früchtekuchen.

Als man die sterbende Großmutter des Mädchens besuchen ging, nahm man den Engel mit. Er sollte ihr etwas über den Himmel erzählen. Lange saß er schweigend auf der Bettkante. Der Himmel ist eben ganz anders, sagte er dann.

Was ist anders? fragte das Mädchen.

Der Engel sah verwirrt aus.

Die Großmutter sagte: Der Himmel hat keinen Boden.

Keinen Boden, wiederholte der Engel. Und es ist, als würde man mit den Ohren sehen und mit der Nase hören.

Die Großmutter nickte lange. Sie hatte die alten Hände auf die Bettdecke gelegt.

Das Mädchen hielt die Augen geschlossen und bewegte die Nasenflügel.

In der Stube war es vollkommen still.

Die Großmutter hatte unterdessen aufgehört zu atmen. Das Mädchen weinte, dann auch die Mutter.

Aus den Augen des Engels tropften große regenbogenfarbene Tränen.

Wenn man ihn etwas fragte, erschrak er immer ein wenig. Er war oft in tiefen Gedanken. Das Mädchen behielt darum viele Fragen für sich. Es fragte zum Beispiel nicht, ob die jungen Engel, wie eine Freundin behauptete, aus Eiern ausschlüpften. Ob es Engelinnen gab, die diese Eier legten. Und wohin sie sie legten, ob einfach auf eine Wolke.

Manchmal berichtete der Engel von sich aus über Gott und die Heiligen. Er redete dann auf einmal sehr viel, sagte aber nichts, was man nicht aus der Bibel schon wußte.

So verging ein Jahr um das andere. Das Mädchen wurde älter, und Mutter und Vater wurden alt. Jung blieb nur der Engel.

Eigentlich hatte das Mädchen ihn heiraten wollen. Willst du mein Mann sein?

Der Engel wußte nicht recht. Er wollte es sich überlegen.

Küsse mich! sagte das Mädchen.

Der Engel küßte es.

Mir wird schwindlig bis in die Seele hinein. Noch einmal, bitte, seufzte das Mädchen. Es holte tief Luft wie vor dem Tauchen.

Der Engel war nicht ganz so begeistert. Er war eher traurig und schaute den Wolken nach.

So kam es, daß das Mädchen einen anderen nahm, einen Studenten, der tagelang küssen mochte. Doch ob sie sich küßten oder nicht küßten, sie wurden älter dabei. Der Engel sah schon aus wie der jüngere Bruder des Mädchens oder wie der ältere Bruder der Kinder, die das Mädchen und der Student unterdessen bekommen hatten.

Die Kinder trösteten den Engel, wenn er traurig war: Du kannst unser Schutzengel sein. Sie kletterten auf Brückengeländer und ließen sich fallen, damit er sie retten konnte. Sie verirrten sich abends im Wald, und der Engel zeigte ihnen den Heimweg.

Heute sind auch diese Kinder erwachsen. Das Mädchen und der Student haben schon graue Haare, und Mutter und Vater des Mädchens sind uralt. Nur der Engel sieht aus wie immer, ein blonder junger Mann, Liebhaber von Früchtekuchen, dem der Himmel zu fern ist.

Bertolt Brecht

Eia popeia

Eia popeia
Was raschelt im Stroh?
Nachbars Bälg greinen
Und meine sind froh.
Nachbars gehn in Lumpen
Und du gehst in Seid
Ausn Rock von einem Engel
Umgearbeit'.

Dylan Thomas

Weihnachtserinnerungen

Ein Weihnachten war dem anderen so gleich in jenen Jahren, die nun um die Meerecke der Stadt entschwunden und außer aller Hörweite sind, bloß daß ich manchmal einen Augenblick lang vor dem Einschlafen noch das ferne Gespräch ihrer Stimmen höre, daß ich jetzt nie mehr sagen kann, ob es sechs Tage und sechs Nächte lang geschneit hat, als ich zwölf war, oder ob es zwölf Tage und zwölf Nächte lang geschneit hat, als ich sechs war. Oder damals, als das Eis brach und der Schlittschuh laufende Schnittwarenhändler wie ein Schneemann durch eine weiße Falltüre verschwand, ob das derselbe Weihnachtstag war, an dem die Rosinenkuchen Onkel Arnold fertigmachten und wir den seeseitigen Hügel hinunterrodelten, den ganzen Nachmittag lang, auf dem besten Teetablett; und Mrs. Griffith beschwerte sich, und wir warfen einen Schneeball nach ihrer Nichte, und als ich die Hände vors Feuer hielt, da brannten sie vor Kälte und Hitze so sehr, daß ich zwanzig Minuten lang weinte; und dann aß ich Wackelpudding.

Alle Weihnachten rollen den Hügel hinunter zum walisischsprechenden Meer, wie ein Schneeball, der immer weißer und größer und runder wird, wie ein kalter kopfüber kollernder Mond, der den Himmel hinunterbollert, der unsere Straße war; und alle Weihnachten machen halt am Ufer der eisgeränderten, fischefrierenden Wellen, und ich fahre mit den Händen tief in den Schnee und hole alles heraus, was ich finden kann: Tannenzweige und Weihnachtssingvögel, oder Pudding, Gezänk und Gesänge, und Orangen und blecherne Pfeifchen, und das Kaminfeuer in der Guten Stube, und Bums die Knallbonbons, und Heilig, Heilig, Heilig läuten die Glocken, und die Glasglocken beben am Baum, und Mutter Graugans aus der Weihnachtspantomime, und der Struwwelpeter – ach, die paulinchenverbrennenden Flammen und der klappernde Scherenmann. Und Billy Bunter aus dem bunten Groschenheft und die Schwarze Schönheit, und Goldelse, und die kleine Frau; und Jungen, die drei Portionen essen, und

Alice im Wunderland, und Mrs. Potters Dachse, und Federmesser und Teddybären – benannt nach einem Mr. Theodor Bär, ihrem Erfinder oder Vater, der vor kurzem in den Vereinigten Staaten starb –, Mundharmonikas, Bleisoldaten, und Milchpudding, und Tante Bessy, die auf dem ungestimmten Piano in der Guten Stube «Ein Männlein steht im Walde» und «Orangen und Lemonen» spielt, den ganzen Pfänder und Blindekuh spielenden Abend lang am Ende des unvergeßlichen Tages am Ende des nicht mehr erinnerten Jahres.

Tief taucht meine Hand in jenen watteweißen glockenklingenden Ball von Festtagen, der am Rande des lobliedersingenden Meeres ruht, und heraus kommen Mrs. Prothero und die Feuerwehrmänner.

Es war am Nachmittag des Weihnachtsabends, und ich war in Mrs. Protheros Garten und wartete mit ihrem Sohn Jim auf Katzen. Es schneite. Zu Weihnachten schneite es immer. Der Dezember ist in meinen Erinnerungen weiß wie Lappland, nur Rentiere waren keine da. Aber dafür waren Katzen da. Geduldig, mit eiskalten Fingern und eiskaltem Herzen, unsere Hände in Socken gehüllt, warteten wir, um Schneebälle nach den Katzen zu werfen. Geschmeidig und lang wie Jaguare und mit furchtbaren Schnurrbärten, spuckend und

fauchend würden sie über die weißen Mauern am unteren Ende der Gärten huschen und jagen, und die luchsäugigen Jäger, Jim und ich, Trapper von der Hudson Bay gleich hinter der Gasthausstraße, in Pelzmützen und Mokassins, würden unsere tödlichen Schneebälle gerade ins Grüne ihrer Augen schleudern. Die klugen Katzen ließen sich niemals blicken. Wir waren so still – eskimofüßige arktische Scharfschützen im alles erstickenden Schweigen des ewigen Schnees, der schon seit Mittwoch lag –, daß wir Mrs. Protheros ersten Schrei aus ihrem Schneehaus am unteren Ende des Gartens nicht einmal hörten. Oder wenn wir ihn hörten, so war er für uns nur wie der weitentfernte Kriegsruf unseres Feindes und unserer Beute, des Nachbars Polarkatze. Aber bald wurde die Stimme lauter. «Feuer!» schrie Mrs. Prothero, und sie schlug den Gong, der sonst zum Essen rief. Und wir liefen den Garten hinunter, den Arm voller Schneebälle, auf das Haus zu, und, heißa!, da kam wirklich Rauch aus dem Speisezimmer, und der Gong bummerte, und Mrs. Prothero rief die Katastrophe aus, wie ein Stadtschreier in Pompeji. Das war besser als alle Katzen in ganz Wales, auch wenn sie in einer Reihe auf der Mauer gestanden hätten. Wir stürzten ins Haus, beladen mit Schneebällen, und machten an der offenen Türe des raucherfüllten Zimmers halt. Ja, etwas brannte ganz tüchtig. Vielleicht war es Mr. Prothero, der nach dem Mittagessen immer in diesem Zimmer schlief, mit einer Zeitung auf dem Gesicht. Aber nein, der stand mitten im Zimmer und sagte: «Feine Weihnachten, das!» und schlug mit einem Hausschuh auf den Rauch los.

«Ruft die Feuerwehr!» schrie Mrs. Prothero und schlug weiter den Gong.

«Die werden nicht da sein», sagte Mr. Prothero, «es ist doch Weihnachten.»

Es war kein Feuer zu sehen, nur dichte Rauchwolken, und mittendrin Mr. Prothero, der mit seinem Hausschuh dem Rauch winkte, als dirigiere er ein Konzert.

«Tut doch was!» sagte er.

Und wir warfen alle unsere Schneebälle in den Rauch – ich glaube aber, wir verfehlten Mr. Prothero – und liefen hinaus aus dem Haus zur Telefonzelle.

«Rufen wir doch auch die Polizei an», sagte Jim.

«Und die Erste Hilfe.»

«Und Ernie Jenkins, der mag Feuer so gern.»

Aber wir riefen nur die Feuerwehr an, und bald kam auch das Feuerwehrauto, und drei große Männer mit Helmen brachten einen Schlauch ins Haus, und Mr. Prothero ging gerade noch rechtzeitig aus dem Wege, ehe sie den Wasserstrahl andrehten. Kein Mensch hätte einen Weihnachtsabend mit mehr Krach haben können, und als die Feuerwehrmänner den Wasserstrahl wieder abstellten und im nassen, rauchigen Zimmer herumstanden, da kam Jims Tante, Miss Prothero, die Treppe herunter, steckte den Kopf herein und sah sie an. Jim und ich warteten, ganz still, um zu hören, was sie zu ihnen sagen würde. Denn sie wußte immer das richtige Wort. Sie sah die drei großen Feuerwehrmänner mit ihren glitzernden Helmen an, wie sie dastanden, umgeben von Rauch und verbranntem Holz und halbgeschmolzenen Schneebällen, und dann sagte sie: «Möchten Sie vielleicht etwas zu lesen haben?»

Und nun kommt aus diesem gleißendweißen Schneeball der verflossenen Weihnachten der Strumpf hervor, der Strumpf aller Strümpfe, der am Fußende des Bettes hing, so daß der Arm einer wuschellockigen Negerpuppe oben hervorbaumelte und unten in den Zehen kleine Glocken läuteten. Da war auch eine ganze Kompanie Soldaten drin, tapfer und scharlachrot, nur daß sie niemals gut schmeckte, obwohl ich sie immer zu kosten versuchte, als ich noch ganz klein war: Bleisoldaten mit Gurt und Bärenfellmützen und Musketen, Schulter an Schulter, die nur allzubald ihre Köpfe und Beine verlieren sollten, in den Kriegen auf dem Küchentisch, wenn das Teegeschirr, die Kekse und die Rosinenkuchen weggeräumt waren, die ich immer backen half, indem ich die Rosinen entkernte und aufaß. Und da war ein Säckchen mit feuchten, vielfarbigen Geleebonbons, die wie kleine Kinder aussahen, und eine eingerollte Flagge, und eine falsche Nase, und eine Straßenbahnschaffnermütze, und eine Maschine, die Fahrscheine lochte und dabei klingelte... Aber niemals eine richtige Schleuder; einmal, durch einen Irrtum, den niemand erklären konnte, eine kleine Axt und ein Gummibüffel, oder vielleicht war es auch ein Pferd, mit gelbem Kopf und aufs Geratewohl herumschlenkernden Beinen; und eine Zelluloidente, die, wenn man sie drückte, einen ganz unentenhaften Ton von sich gab, ein miauendes Muhen, wie es vielleicht eine ehrgeizige Katze fertiggekriegt hätte, die als Kuh gelten will; und ein Malbuch, in dem ich das Gras, die Bäume, das Meer und die Tiere in jeder Farbe malen konnte, die mir recht war; und bis zum heutigen Tag grasen die blendendhimmelblauen Schafe auf der roten Weide unter einer Schar von regenbogenschnäbeligen und erbsengrünen Vögeln.

Der Weihnachtsmorgen war immer vorüber, noch ehe man Zeit hatte, Hans Schneemann zu sagen. Und, sieh da, auf einmal brannte der Pudding. Soll man nicht wieder den Gong schlagen und die Feuerwehr anrufen und die bücherliebenden Feuerwehrmänner? Jemand fand im Kuchen das eingebackene silberne Dreipennystück mit einer Korinthe dran; und dieser Jemand war immer Onkel Arnold. Das Sprüchlein, das aus seinem Knallbonbon fiel, lautete:

Lasset uns alle jubeln, denn Weihnacht ist da,
Laßt uns spielen und singen und rufen hurra!

Und die Erwachsenen blickten dann immer zur Zimmerdecke hinauf, und Tante Bessy, die schon zweimal von einer automatischen Maus mit einem Uhrwerk erschreckt worden war, wimmerte am Büfett und trank ein wenig Holunderwein.

Und jemand stellte eine Glasschüssel voller Nüsse auf den überhäuften Tisch, und mein Onkel sagte ganz genau wie jedes Jahr: «Ich habe da eine Schuhnuß erwischt, hol mir einen Schuhlöffel, Junge, daß ich sie öffnen kann!» Und dann war das Essen vorüber.

Und ich erinnere mich, am Nachmittag des Weihnachtstages, wenn die anderen ums Feuer saßen und einander erzählten, daß dies gar nichts sei, nein, rein gar nichts, verglichen mit den großen, schneeverwehten, bratgans- und truthahnstolzen, julscheitknisternden, tannenreisigen und unter dem Mistelzweig küssenden Weihnachtsfesten, als *sie* noch Kinder waren, daß ich hinausging in Schulmütze und Schal und Handschuhen, mit meinen funkelnagelneuen, knarrenden Stiefeln; in die weiße Welt hinaus, auf den seeseitigen Hügel, um Jim und Dan und Jack zu besuchen und mit ihnen durch die schweigende Schneelandschaft unseres Städtchens zu wandern.

Wir gingen stapfenden Schrittes durch die Straßen und hinterließen gewaltige, tiefe Fußstapfen im Schnee, auf den verborgenen Gehsteigen.

«Ich wette, die Leute werden glauben, da sind Nilpferde gegangen.»

«Was würdest du tun, wenn du ein Nilpferd die Krönungsstraße herunterkommen sähst?»

«Ich? Ich würde so machen, bums! Ich würde das Nilpferd übers Geländer schmeißen und den Hügel hinunterrollen. Und dann würde ich es unter dem Ohr kitzeln, bis es mit dem Schweif wedelt.»

«Aber was würdest du tun, wenn du *zwei* Nilpferde sehen würdest?»

Eisengepanzerte brüllende Nilpferdhengste klapperten,

polterten und dröhnten durch den aufspritzenden Schnee auf uns zu, als wir an Mr. Daniels Haus vorbeikamen.

«Werfen wir Mr. Daniel einen Schneeball als Brief in den Briefkasten.»

«Schreiben wir etwas in den Schnee.»

«Schreiben wir: ‹Mr. Daniel sieht aus wie ein Spaniel› groß über seinen ganzen Rasen.»

«Seht her», sagte Jack, «ich esse Schneekuchen.»

«Wie schmeckts denn?»

«Wie Schneekuchen.»

Oder wir gingen die weiße Küste entlang.

«Können die Fische sehen, daß es schneit?»

«Natürlich, die glauben, der Himmel fällt runter.»

Die schweigenden Himmel, die aus einer einzigen Wolke bestanden, trieben hinaus aufs Meer.

«Alle Hunde sind weg.»

Im Sommer jappten am Ufer Hunde von hundert vermengten Rassen und verbellten die zudringlichen Wogenkämme.

«Ich wette, für Bernhardiner wäre dieses Wetter jetzt aber gerade recht.»

Und wir waren schneeblinde Reisende, verloren auf den Bergen des Nordens, und die großen Hunde mit ihren Schwartenhälsen und Kognakflaschen sprangen auf uns zu und scharrten uns aus und bellten laut: «Branntwein! Marke Excelsior!»

Wir gingen heim, durch die verlassenen, armen Gassen, die zum Meer hinunterführten, wo nur wenige Kinder mit bloßen roten Fingern im tiefen, karrengleiszerfurchten Schnee herumscharrten und hinter uns eine Katzenmusik erhoben, mit Stimmen, die verhallten, als wir hügelan stapften und die Schreie der Hafenvögel laut wurden, und die Sirenen der Schiffe draußen in der weißen flockenwirbelnden Bucht.

Holt die großen alten Geschichten hervor, die wir am Feuer erzählten, als wir Kastanien rösteten und die kleingestellten Gaslichter rundum summten! Gespenster mit dem Kopf unter dem Arm schleppten ihre Ketten nach und sagten: «Huhhh» wie Eulen in den langen Nächten, wenn ich es nicht wagte, über die Schulter zu sehen; wilde Tiere lauerten im Verschlag unter der Treppe, wo die Gasuhr tickte. «Vor vielen Jahren einmal», sagte Jim, «waren drei Jungen, genau wie wir, die bei Nacht im Schnee ihren Weg verloren, hinter dem Bethaus auf dem Friedhof von Bethesda, und hört, was ihnen geschah...» Es war die schauderhafteste Geschichte, die ich je gehört habe.

Und ich erinnere mich auch, wie wir einmal von Haus zu Haus Weihnachtslieder singen gingen, ein, zwei Nächte vor dem Heiligen Abend, als auch nicht der leiseste Schimmer von Mondschein die geheimnisvollen, weiß durchwehten Gassen erhellte. Am Ende einer langen Straße war ein Weg, der zu einem großen Haus führte, und wir stolperten in jener Nacht durch die Finsternis hinaus, jeder einzelne von uns voll Angst, jeder für alle Fälle mit einem Stein in der Hand, aber wir alle zu tapfer, um auch nur ein Wort davon zu sagen. Durch die Alleebäume des Weges blies der Wind mit Stimmen wie von alten unheimlichen Männern, die vielleicht Schwimmhäute an den Füßen hatten und in Höhlen ächzten und keuchten. Wir erreichten den schwarzen gewaltigen Klotz des Hauses.

«Was sollen wir ihnen singen?» flüsterte Dan.

«Hört, die Engel singen schon? Weihnachten kommt nur einmal im Jahr?»

«Nein», sagte Jack, «wir singen ‹Der gute König Wenzeslaus›. Ich zähle bis drei.»

«Eins, zwei, drei», und wir begannen zu singen, mit Stimmen, die hoch und weit entfernt klangen in der schneegetünchten Finsternis rund um das Haus, in dem niemand wohnte, den wir kannten. Wir standen eng nebeneinander, dicht vor der dunklen Türe.

Der gute König Wenzeslaus
sah am St.-Stephans-Feste…

Und dann kam eine kleine trockene Stimme, wie die Stimme von jemand, der schon lange nicht gesprochen hat, und stimmte plötzlich in unseren Gesang ein: eine kleine trockene Stimme von der anderen Seite der Türe: eine kleine trockene Stimme durch das Schlüsselloch. Und als wir wieder aufhörten zu rennen, da waren wir vor unserem eigenen Haus. Die große Vorderstube war einladend und hell. Das Grammophon spielte. Wir sahen die roten und weißen Ballons am Arm der Gaslampe hängen. Onkel und Tante saßen ums Feuer. Es war mir, als könne ich unser Abendessen riechen, das in der Küche gebraten wurde. Alles war wieder gut, und Weihnachten leuchtete durch die ganze vertraute Stadt.

«Vielleicht war das ein Geist», sagte Jim.

«Vielleicht waren es Trolle», sagte Dan, der immer Bücher las.

«Gehen wir hinein, und sehen wir, ob noch Wackelpudding übrig ist», sagte Jack. Und das taten wir.

Peter Hacks

Vogelweihnacht

Der Abend ins Gehölz einzieht.
Da singen alle möglichen
Bunt flatternden Waldvögelchen
Ein schönes Weihnachtslied.

Und der Specht
Ist ihr Trommelknecht:
Im Himmel stecken Sternelein,
Im Tannenzapfen Kernelein,
Die Welt ist so lieblich, so pieplich
Zur Weihnachtszeit,
Tirili.

Die Dohle kommt aus ihrem Nest,
Der Dompfaff und der Kernebeißer.
In Afrika, da lebt man heißer,
Doch ohne Weihnachtsfest.

Und der Specht
Trommelt gar nicht schlecht:
Im Himmel stecken Sternelein,
Im Tannenzapfen Kernelein,
Die Welt ist so lieblich, so pieplich
Zur Weihnachtszeit,
Tirili.

Walter Kempowski

Weihnachten

Jetzt kommt mein liebstes Thema. Kinder, ihr habt ja keine Ahnung.

Früher konnten die Menschen noch Weihnachten feiern. Da war es dunkel in den Straßen, und der Schnee lag einen Meter hoch. Bratäpfel gab es zu essen mit Vanillesoße, und Nüsse wurden geknackt. Es wurde gesungen, und die Mutter spielte Klavier, und die Kinder bastelten Christbaumschmuck.

Weihnachten war früher eine ganz andere Sache als heute – ich weiß auch nicht.

Richard Hughes

Der Weihnachtsbaum

Es war Heiligabend, und der Weihnachtsbaum stand fertig geschmückt für die Feiertage da. Aber kaum waren alle zu Bett gegangen, als die Spielsachen, die am Baum hingen, miteinander zu reden und zu tuscheln begannen.

«Es wäre doch ein rechter Spaß», sagten sie, «wenn wir alle heruntersteigen und uns verstecken würden.»

Sie kletterten also alle vom Baum herunter und ließen ihn ganz kahl zurück und versteckten sich – einige hinter den Schränken und einige hinter den Heizröhren, und einige hinter den Büchern auf den Regalen im Wohnzimmer und wo es ihnen sonst noch einfiel.

Am ersten Feiertag kamen die Kinder herunter und wünschten einander fröhliche Weihnachten: aber als sie ihren entzückenden Baum ganz kahl dastehen sahen mit nicht einmal einem einzigen Knallbonbon mehr daran, da weinten und weinten sie heiße Tränen.

Als sie die Kinder weinen hörten, schämten sich die Spielsachen gehörig wegen des unartigen Streichs, den sie ihnen gespielt hatten: trotzdem aber mochten sie nicht recht aus ihren Verstecken hervorkommen, während jemand herumstand. Sie warteten also, bis alle in die Kirche gegangen waren, und dann schlüpften sie hervor.

«Ich weiß!» sagte die Arche Noah und sprach mit all ihren Stimmen zugleich, «ich hab' eine Idee!»

Sie führte also die andern Spielsachen zum Haus hinaus

und in die Stadt, und da trennten sie sich und suchten sich ihren Weg durch die Hintertür in jeden Spielzeugladen und in jeden Süßigkeitsladen. Einmal drinnen, luden sie alle Spielsachen und alle Süßigkeiten zu einer großen Gesellschaft ein, die sie gäben, und führten sie zurück zum Haus. «Hier ist es, wo wir unsere Gesellschaft geben», sagten sie und zeigten auf den Weihnachtsbaum. So kletterten denn alle die neuen Spielsachen zu den Zweigen des Baums hinauf und hingen sich dran. Es war wahrhaftig kaum genug Platz für sie alle, denn es waren nun zehnmal soviel da als vorher.

Die ganze Zeit in der Kirche hatten die Kinder still hinter ihren Gesangbüchern in sich hinein geweint und waren noch immer ziemlich traurig, als sie nach Haus kamen; aber als sie ihren Weihnachtsbaum erblickten mit zehnmal soviel Geschenken daran, als vorher dagewesen waren, und mit zehnmal soviel Kerzen, die einander lieblich anstrahlten, da lachten sie und klatschten in die Hände und jauchzten vor Freude und sagten, in ihrem ganzen Leben hätten sie noch niemals einen so bezaubernden Weihnachtsbaum gesehen!

Johann Wolfgang von Goethe

Weihnachtsmarkt

Kindlein, kauft ein!
Hier ein Hündlein,
hier ein Schwein,
Trommel und Schlegel,
ein Rennpferd, ein Wägel,
Kistchen und Pfeifer,
Kutschen und Läufer,
Husar und Schweizer,
um ein paar Kreuzer
ist alles dein.
Kindlein, kauft ein!

Rudolf G. Binding

Das Peitschchen

Als das Jesuskind durch Flandern zog – und es kannte wohl die ganze Welt – kam es mitsamt seiner Mutter in der großen Stadt Gent am Morgen eines Weihnachtstages an. Die ganze Stadt war für das Fest gerüstet. Auf den Straßen drängten sich die Menschen, um auf den Märkten und in den Läden die neuesten und letzten Herrlichkeiten zu erwischen mit denen sie ihren Angehörigen und ihrem Gesinde am Abend eine Freude machen könnten. Vor der großen Kirche St. Baafs, die wie ein gewaltiger grauer Magnetberg über die Stadt und die Menschen emporragte, die Häuser um sich versammelt hielt und die Menschenströme in sich hineinzog, war ein Weihnachtsmarkt errichtet, und die Pfefferkuchenstände, die Buden mit bunten Likören, mit Christbaumschmuck und Kerzen, mit Zinnsoldaten und Zinnlöffeln, mit Pfeifen, Trompeten und allerhand Kinderspielzeug standen hübsch in Reihen geordnet und einträchtig nebeneinander. Da es noch früh am dämmrigen Morgen war, die Leute vom Lande jedoch, um nichts zu versäumen und einen möglichst langen Tag des Betrachtens und Auswählens vor sich zu haben, schon in die Stadt hereinwogten, brannten in allen Ständen über den Auslagen die Lampen und die Verkäufer brachten die erste Ordnung in ihre Sachen, die der vorangegangene Tag etwas in Unordnung gebracht hatte. Gerade am Zugang zum Hauptportal der Kirche behauptete ein großer Spielwarenstand seinen Platz. Da waren Trommeln und Trompeten,

Reifen und Kreisel, bunte Glasklicker, Puppen und Kegel, kleine Männchen, die in Glasröhren in einer rosa Flüssigkeit auf- und niederstiegen wenn man die Röhre in die Hand nahm, Mundharmonikas und winzige Drehorgeln, die das ‹Ehre sei Gott in der Höh› in kleinen Tönen von sich gaben wenn man leise die Kurbel drehte. Und gerade hing eine Magd ein buntes Gedränge von blauen, roten und grünen Luftballons, alle eben neu mit Gas gefüllt und prall daß sie knirschten wenn sie aneinanderstießen, an der Ecke der Bude auf, und darunter hing sie ein ganzes Bündel kleiner Peitschen mit geflochtenen Schnüren aus weißem zartem Leder, gelben Schmitzchen und bunten Stielen. Jeder Stiel aber endete in ein rotes Pfeifchen aus Kirschenholz.

Im Hintergrund der Bude hinter den langen Brettern und Tischen, auf denen alle die schönen Sachen ausgelegt waren, standen drei Kinder, so blond und auch wohl so alt wie ihr denen diese Geschichte erzählt wird. Ihre Mutter war die Eigentümerin des Spielwarenstandes. Da sie zu so früher Stunde nicht auf Käufer hoffen konnte, war sie noch nicht zur Stelle sondern hatte es der Magd überlassen die Auslage zu besorgen; und diese hatte die Kinder mitgenommen. Da standen sie nun und während sie teilnahmvoll und neugierig guckten, wie die Magd immer neue Reichtümer und Herrlichkeiten auspackte und zum Verkauf ordnete, begannen in ihren Herzen Wünsche hin und her zu jagen, begehrliche und vergleichende Gedanken hin und her zu wogen und süße Qualen auf und ab zu ziehen, welcher Gegenstand von allen ihnen wohl am besten gefiele, damit sie ihn sich von ihrer Mutter selbst als Weihnachtsgabe ausbitten könnten. Denn das wußten sie vom letzten Jahr und gedachten es auch diesmal dahin zu bringen, daß ihre Mutter jedem von ihnen erlaubte, sich aus der Fülle der Dinge etwas herauszuwünschen. «Wenn es am Abend nicht verkauft ist» pflegte dann die Mutter zu sagen; denn der geringe Erlös aus dem Spielzeug ließ es nicht zu, daß sie die Dinge von vornherein für sie beiseitestellte. Und dann zitterten die Kinder den ganzen Tag um den gewünschten Gegenstand, und jedesmal wenn ein Käufer herantrat, stieg ihnen das Blut zu Kopf und sie fühl-

ten ihr Herz schlagen. Ging er dann weg ohne, wie sie meinten, ihren Gegenstand entdeckt zu haben, waren sie glücklich. Aber beim nächsten wiederholte sich die Pein.

«Das vorige Jahr hatte ich mir eine Puppe gewünscht» sagte das eine Mädchen; «aber nach wenigen Tagen zerbrach sie: Ich wünsche mir etwas anderes diesmal.» Dann trat wieder Schweigen und Überlegen ein. Keines wollte sich verraten.

«Eigentlich wäre ein Kreisel sehr schön» sagte das ältere Mädchen «er zerbricht nicht. Ich sehe Dinge gern die tanzen und sich drehen.» Alle drei guckten nach einem großen Haufen buntbemalter harter Kreisel, die eben aus einem Sack hüpften den die Magd auf den Tisch stülpte. –

«Ich wünsche mir einen Kreisel und ein Peitschchen dazu» sagte die Älteste, die mit sich im reinen war.

Die anderen fanden die Idee auf einmal herrlich. «Ich wünsche mir auch einen Kreisel und ein Peitschchen» sagte das zweite Mädchen, als ob sie nicht gesonnen wäre zurückzustehen.

«Ich auch» sagte der Junge, dem es genug war, daß die älteren Schwestern entschieden hatten. Und alle drei guckten eifrig und prüfend nach dem Haufen Kreisel auf dem Tisch und nach dem Bündel Peitschchen, das von der Ecke der Bude herabhing.

«Während der Kreisel Schwung hat und sich dreht, kann man pfeifen» bemerkte der Junge und fand dies sehr beachtlich. Das Pfeifchen am Peitschenstiel mußte doch seinen Sinn haben. «Und dann versetzt man dem Kreisel wieder einen. Und dann pfeift man wieder.»

«Wer am besten kreiseln kann, kann am besten pfeifen» sagte die Älteste.

«Wenn wir alle drei zugleich pfeifen –!» Dies sagte die Jüngere, sah mit großen Augen in die Ferne und hatte offenbar eine wundervolle Erscheinung.

Während sie so schwatzten, kam inmitten der Menge des Volkes, das der Kirche zuströmte, das Jesuskind daher. Es war damals schon größer und saß rittlings auf dem treuen Esel, der von den vielen Fahrten – nach Ägypten und in aller Welt umher – nicht mehr ganz frisch war und mit kleinen andächtigen Schritten in der Menge trippelte. Dem Jesusknaben ging das zu langsam. Vergebens zauste er das Eseltier mit seinen kleinen Händen im zottigen Fell, stieß es mit den Beinchen in die Seiten oder suchte es durch kleine Zurufe zu ermuntern. Der Esel blieb in seinem Gang und die Jungfrau Maria, die lächelnd hinter ihrem Kinde schritt, trieb ihn nicht an.

Wie sie nun in diesem Aufzuge, oftmals gehemmt durch ein sanftes Stehenbleiben des Tieres, vor dem Spielwarenstande anlangten, gewahrte Jesus an der Ecke das Bündel Peitschchen, ergriff, indem er seinen Esel darunter hinwegtrieb, als rechter Herr der Welt eines am Stiel und zog es ohne viel zu fragen aus der Schlinge, in der es mit seinen Kameraden aufgehangen war. Dann schwang er es lustig über seinem Reittier.

«Halt! Nicht!» rief die Magd, und auch die Kinder wollten Halt! Nicht! rufen und krausten die Gesichter. Aber sie brachten keinen Ton aus den Kehlen. Das Jesuskind blickte sie nur aus seinen unergründlichen Augen einmal freundlich und sieghaft an. Da war es, als ob es um sie geschehen wäre. Der Atem stockte ihnen, alle drei griffen nacheinander, als müßten sie sich an etwas festhalten, und in einer süßen Bangigkeit der Herzen folgten sie mit den Augen dem wundersamen Knaben, der sie mit einem einzigen Blick in seinen Bann getan hatte, wie sie wohl selbst ein paar Wasserkäfer in ein Glas steckten.

«Wer ist denn das?» fragten sie einander leise ohne sich anzusehen. Und als nun gar noch eine überirdische hohe Frau an ihnen vorüberzog und sie mit einem seltsam fremden Gruß zu streifen schien und es ihnen so ganz weihnachtlich zumute wurde, da sagte die Älteste vorsichtig:

«Es könnte beinahe das Christkind gewesen sein.» «Was du nur immer hast!» sagte die Jüngere und war dabei froh, daß ihr die Schwester eine plausible Erklärung für den Zustand ihrer Sinne unter den Fuß gegeben hatte; «natürlich war es das Christkind! Einem andern Kind hätten wir das Peitschchen doch gar nicht gelassen.»

«Welches war das Christkind?» fragte der Junge, der sich

selbst noch nicht begriff. «Wenn ihr es gesehen habt, will ich es auch gesehen haben.»

«Das auf dem Esel» sagten die beiden andern nun sehr bestimmt, da sie ihren Vorsprung fühlten. «Das auf dem Esel? Ja!» sagte der Knabe. «Wenn es nicht das Christkind gewesen wäre, hätte es ja auch das Peitschchen gar nicht nehmen dürfen.»

«Besonders hätten wir aber doch einem andern Kind das Peitschchen gar nicht gelassen» sagte das zweite Mädchen wieder. «Und wir mußten es ihm doch lassen.»

In diesen Worten fanden die Kinder eine vollkommene Sicherheit und alle drei waren so gewiß, das Christkind von Angesicht zu Angesicht gesehen zu haben, wie es gewiß war, daß sie die Kinder ihrer Mutter waren. Und dann kam ihnen immer wieder der wundersame Blick des schönen Knaben, der Gruß der hochgewachsenen Frau wie in einem verklärten Schein zurück und erfüllten sie mit einer geheimnisvollen Erregung. Die Morgenglocken von St. Baafs erklangen feierlich über ihnen und der Weihnachtstag mit seinen Wundern zog herauf. Die Kinder hatten den Christusknaben gesehen, und wer es ihnen bestritten hätte, den hätten sie mitleidig ausgelacht.

Da kam die Mutter. «Mutter, wir haben das Christkind gesehen» riefen sie alle drei. Aber es war ihnen gar nicht lieb, als ihre Mitteilung nicht recht verfing, die Mutter vielmehr nur belustigt schien und sagte: «So? Da habt ihr was Rechtes gesehn! Und was wünscht sich nun jedes zu Weihnachten?»

Daß das Christkind das Peitschchen genommen hat, sagen wir jetzt besser nicht, dachten die drei und antworteten lieber auf die Frage ihrer Mutter. «Ich wünsche mir einen Kreisel und ein Peitschchen» sagte die Älteste. «Und ich auch» sagte die Jüngere. «Und ich auch» der Junge.

«Wenn es am Abend nicht verkauft ist» erwiderte die Mutter und betrat den Stand. Die Käufer drängten sich, der kurze Tag brach an, die Lampen wurden gelöscht und auch für die Kinder verschwanden die Ereignisse des Morgens im Grau des Tageslichts und im Gesumme des geschäftigen Treibens auf dem großen Markt. Zudem begann die Qual der Erwartung sie zu bewegen und zu erfüllen, ob denn für jedes am Abend ein Kreisel und ein Peitschchen übrig sein werde. Und dies alles beschäftigte sie zu sehr als daß sie an anderes hätten denken mögen. Jedesmal wenn ein Käufer herantrat und einen Kreisel oder ein Peitschchen verlangte, gab es in drei kleinen Herzen drei kleine Stiche, und wenn einer einen Kreisel mitsamt einem Peitschchen kaufte, waren die drei Stiche in den drei Herzen noch deutlicher fühlbar.

Aber ihre Qualen wurden immer größer und ihre Gesichter immer länger. Der hochgetürmte Haufen von Kreiseln nahm reißend ab und das dicke Bündel Peitschchen wurde schmächtig und schmächtiger. Noch einmal schüttete die Magd einen Sack Kreisel auf den Tisch und noch ein Bündel Peitschen wurde an der Ecke der Bude aufgehangen. Dann war der Vorrat erschöpft. Die Kinder merkten gar nicht, daß auch die Puppen weniger wurden und die Trommeln und die Glasröhren mit den steigenden Männchen und die Spieldosen und die Bälle. Als der Tag vorüber war und die Stände überall geschlossen wurden, war in dem ihren alles ausverkauft. Nur drei Kreisel, die ganz allein aus der Fülle der Dinge übriggeblieben waren, lagen verlassen an der Stelle wo der Haufen gewesen war. Aber kein Peitschchen mehr war da, sie anzutreiben, und so schienen sie völlig nutzlos und überflüssig.

Die Mutter überblickte ihren Stand, freute sich des flotten Geschäfts und guten Erlöses, den ihr der Tag gebracht, und hatte die Kinder ganz vergessen. Jetzt bemerkte sie sie wieder, wie sie traurig dasaßen und ihnen das Weinen nahe war.

«Nun? – Was ist?» fragte sie. Aber das war schon wie ein Stoß. Die Kinder brachen in helle Tränen aus und schnelle Perlchen rollten unaufhaltsam über ihre Kittel.

«Nun haben wir kein einziges Peitschchen» jammerten sie durcheinander; «was sollen uns jetzt die Kreisel!» Die Mutter rückte zwischen sie, wußte aber noch keinen Trost.

«Und das letzte Peitschchen hat uns das Christkind auch noch weggenommen» klagte der Junge.

«Das Christkind –?» fragte die Mutter –

In diesem Augenblick öffneten sich, langsam und weit, die Flügeltüren am Hauptportal von St. Baafs, was sonst nur bei den feierlichsten Gelegenheiten geschah; denn die Menschen gingen seitlich durch zwei kleine Pforten ein und aus. Die Flügeltüren öffneten sich, und heraus trat die überirdische Frau, die in der Frühe die Kinder so seltsam gegrüßt hatte.

«Das ist sie, die mit dem Christkind war!» flüsterten die Kinder und krochen eng an ihre Mutter heran. Und während alle vier kein Auge von der Gestalt verwenden konnten, schritt diese ruhig auf den leeren Verkaufsstand zu und der Weihnachtsschauer ging vor ihr her. Wieder wie am Morgen stockte den Kindern der Atem, wieder griffen sie nach einander als müßten sie sich an etwas festhalten, und in einer süßen Bedrängnis der Herzen ergaben sie sich, daß ihnen etwas widerführe was ihnen nie wieder in ihrem Leben widerfahren würde. Die Frau aber trug das Peitschchen in der Hand, das Jesus in der Frühe aus dem Bündel an der Ecke der Bude herausgezogen hatte, reichte es mit einer unnachahmlichen Bewegung der Mutter hin und sprach:

«Dies Peitschchen gehört wohl in diesen Stand.» Darauf streifte sie Mutter und Kinder mit ihrem wundersamen Gruß, wendete sich und trat, wie sie gekommen, in die große Kirchentür zurück, deren Flügel sich hinter ihr schlossen.

Den Kindern war es eng und heiß und doch auch wieder weit und frei, und obzwar sie anfänglich etwas enttäuscht schienen wie über ein halbes Glück, ging ihnen doch bald der Sinn auf: daß sie nämlich nun gar kein Peitschchen hätten, weil es längst mit den andern verkauft worden wäre, wenn das Christkind ihnen nicht am Morgen dieses Tages eines weggenommen hätte. Da wurden ihre Augen hell und sie sahen einander an.

Die Mutter küßte ihre Kinder. Wie auf Verabredung ergriff jedes einen der drei Kreisel, alle drei faßten das Peitschchen an, als ob es ein langer Spieß gewesen wäre, und so trugen sie ihre Geschenke in einem glücklichen kleinen Triumphzug nach Hause.

Mit dem Peitschchen hatte es aber eine besondere Bewandtnis. Denn obgleich ein Peitschchen für drei Kreisel und drei Kinder reichlich wenig schien, so entstand doch nie ein Streit darum. Es wurde den Kindern wie zu einem Wahrzeichen, daß Menschen alles miteinander teilen können.

Seit jener Zeit geht in Flandern eine Redeweise. Wenn mehrere so recht miteinander einig sind, sagt man wohl von ihnen: Ach, die! die haben ein Peitschchen miteinander.

Erwin Strittmatter

Der Weihnachtsmann in der Lumpenkiste

In meiner Heimat gingen am Andreastage, dem 30. November, die Ruprechte von Haus zu Haus. Die Ruprechte, das waren die Burschen des Dorfes, in Verkleidungen, wie sie die Bodenkammern und die Truhen der Altenteiler, der Großeltern, hergaben. Die rüden Burschen hatten bei diesen Dorfrundgängen nicht den Ehrgeiz, friedfertige Weihnachtsmänner zu sein. Sie drangen in die Häuser wie eine Räuberhorde, schlugen mit Birkenruten um sich, warfen Äpfel und Nüsse, auch Backobst, in die Stuben und brummten wie alte Bären: «Können die Kinder beten?»

Die Kinder beteten, sie beteten vor Furcht kunterbunt: «Müde bin ich, geh zur Ruh... Komm, Herr Jesu, sei unser Gast... Der Mai ist gekommen...» Lange Zeit glaubte ich, daß das Eigenschaftswort «ruppig» von Ruprecht abgeleitet wäre.

Wenn die Ruprechthorde die kleine Dorfschneiderstube meiner Mutter verließ, roch es in ihr noch lange nach verstockten Kleidungsstücken, nach Mottenpulver und reifen Äpfeln. Meine kleine Schwester und ich waren vor Furcht unter den großen Schneidertisch gekrochen. Die Tischplatte schien uns ein besserer Schutz als unsere Gebetchen zu sein, und wir wagten lange nicht hervorzukommen, noch weniger das Dörrobst und die Nüsse anzurühren.

Diese Verängstigung konnte wohl auch unsere Mutter nicht mehr mit ansehen, denn sie bestellte im nächsten Jahr die Ruprechte ab. Oh, was hatten wir für eine mächtige Mutter! Sie konnte die Ruprechte abbestellen und dafür das Christkind einladen.

Jahrsdrauf erschien bei uns also das Christkind, um die Ruppigkeit der Ruprechte auszutilgen. Das Christkind trug ein weißes Tüllkleid und ging in Ermangelung von heiligweißen Strümpfen – es war im ersten Weltkrieg – barfuß in weißen Brautschuhen. Sein Gesicht war von einem großen Strohhut überschattet, dessen breite Krempe mit Wachswatte-Kirschen garniert war. Vom Rande der Krempe fiel dem Christkind ein weißer Tüllschleier übers Gesicht. Das HOLDE HIMMELSKIND sprach mit piepsiger Stimme und streichelte uns sogar mit seinen Brauthandschuhhänden. Als wir unsere Gebete abgerasselt hatten, wurden wir mit gelben Äpfeln beschenkt. Sie glichen den Goldparmänen, die wir als Wintervorrat auf dem Boden in einer Strohschütte liegen hatten. Das sollten nun Himmelsäpfel sein? Wir bedankten uns trotzdem artig mit DIENER und KNICKS, und das Christkind stakte gravitätisch auf seinen nackten Heiligenbeinen in Brautstöckelschuhen davon.

Meine Mutter war zufrieden. «Habt ihr gesehn, wie's Christkind aussah?»

«Ja», sagte ich, «wie Buliks Alma, wenn sie hinter einer Gardine hervorlugt.»

Buliks Alma war die etwa vierzehnjährige Tochter aus dem Nachbarhause. An diesem Abend sprachen wir nicht mehr über das Christkind.

Vielleicht kam die Mutter wirklich nicht ohne den Weihnachtsmann aus, wenn sie sich tagsüber die nötige Ruhe in

der Schneiderstube erhalten wollte. Jedenfalls erzählte sie uns nach dem mißglückten Christkindbesuch, der Weihnachtsmann habe nunmehr seine Werkstatt über dem Bodenzimmer unter dem Dach eingerichtet. Das war eine dunkle, geheimnisvolle Ecke des Häuschens, in der wir noch nie gewesen waren. Eine Treppe führte nicht unter das Dach. Eine Leiter war nicht vorhanden. Die Mutter wußte geheimnisvoll zu berichten, wie sehr der Weihnachtsmann dort oben nachts, wenn wir schliefen, arbeitete, so daß uns das Herumtollen und Plappern vergingen, weil sich der Weihnachtsmann bei Tage ausruhen und schlafen mußte.

Eines Abends vor dem Schlafengehn hörten wir den Weihnachtsmann auch wirklich in seiner Werkstatt scharwerken, und die Mutter war sicher dankbar gegen den Wind, der ihr beim Märchenmachen half.

«Soll der Weihnachtsmann Tag für Tag schlafen und Nacht für Nacht arbeiten, ohne zu essen?»

Diese Frage stellte ich hartnäckig.

«Wenn ihr artig seid, ißt er vielleicht einen Teller Mittagessen von euch», entschied die Mutter.

Also erhielt der Weihnachtsmann am nächsten Tage einen

Teller Mittagessen. Mutter riet uns, den Teller an der Tür des Bodenstübchens abzustellen. Ich gab meinen Patenlöffel dazu. Sollte der Weihnachtsmann mit den Fingern essen?

Bald hörten wir unten in der Schneiderstube, wie der Löffel im Teller klirrte. Oh, was hätten wir dafür gegeben, den Weihnachtsmann essen sehen zu dürfen! Allein, die gute Mutter warnte uns, den alten wunderlichen Mann zu vergrämen, und wir gehorchten.

Von nun an wurde der Weihnachtsmann täglich von uns beköstigt. Wir wunderten uns, daß Teller und Löffel, wenn wir sie am späten Nachmittag vom Boden holten, blink und blank waren, als wären sie durch den Abwasch gegangen. Der Weihnachtsmann war demnach ein reinlicher Gesell, und wir bemühten uns, ihm nachzueifern. Wir schabten und kratzten nach den Mahlzeiten unsere Teller aus, und dennoch waren sie nicht so sauber wie der Teller des HEILIGEN MANNES auf dem Dachboden.

Nach dem Mittagessen hatte ich als Ältester, um meine Mutter in der nähfädelreichen Vorweihnachtszeit zu entlasten, das wenige Geschirr zu spülen, und meine Schwester trocknete es ab. Da der Weihnachtsmann sein Eßgeschirr in blitzblankem Zustande zurücklieferte, versuchte ich, ihm auch das Abwaschen unseres Mittagsgeschirrs zu übertragen. Es glückte. Ich ließ den Weihnachtsmann für mich abwaschen, und meine Schwester war nicht böse, wenn sie die zerbrechlichen Teller nicht abzutrocknen brauchte.

War's Forscherdrang, der mich zwackte, war's, um mich bei dem Alten auf dem Dachboden beliebt zu machen, ich begann ihm außerdem auf eigene Faust meine Aufwartungen zu machen.

Bald wußte ich, was ein Weihnachtsmann gern

aß: Von einem Rest Frühstücksbrot, den ich ihm hinaufgetragen hatte, aß er nur die Margarine herunter. Der Großvater schenkte mir ein Zuckerstück, eine rare Sache in jener Zeit. Ich brachte das Naschwerk dem Weihnachtsmann. Er verschmähte es. Oder mochte er es nur nicht, weil ich es schon angeknabbert hatte? Auch einen Apfel ließ er liegen, aber eine Maus aß er. Dabei hatte ich ihm die tote Maus nur in der Hoffnung hingelegt, er würde sie wieder lebendig machen; hatte er nicht im Vorjahr einen neuen Schweif an mein altes Holzpferd wachsen lassen?

So, so, der Weihnachtsmann aß also Mäuse! Vielleicht würde er sich auch über Heringsköpfe freuen. Ich legte drei Heringsköpfe vor die Tür der Bodenstube, und da mein Großvater zu Besuch war, hatte ich sogar den Mut, mich hinter der Lumpenkiste zu verstecken, um den Weihnachtsmann bei seiner Heringskopfmahlzeit zu belauschen. Mein Herz pochte in den Ohren. Lange brauchte ich nicht zu warten, denn aus der Lumpenkiste sprang – murr, marau – unsere schwarzbunte Katze.

Ich schwieg über meine Entdeckung und ließ fortan meine Schwester den Teller Mittagessen allein auf den Boden bringen.

Bis zum Frühling bewahrte ich mein Geheimnis, aber als in der Lumpenkiste im Mai, da vor der Haustür der Birnbaum blühte, vier Kätzchen umherkrabbelten, teilte ich meiner Mutter dieses häusliche Ereignis so mit: «Mutter, Mutter, der Weihnachtsmann hat Junge!»

Günter Bruno Fuchs

Wer frißt kleine Kuchen um Mitternacht?

Der große Mitternachtskuchenfresser.

Truman Capote

Der silberne Krug

Nach der Schule arbeitete ich immer im Walhalla-Drugstore. Er gehörte meinem Onkel, Mr. Ed. Marshall. Ich nenne ihn Mr. Marshall, weil alle, einschließlich seiner Frau, ihn Mr. Marshall nannten. Trotzdem war er ein netter Mensch.

Sein Drugstore war vielleicht ein bißchen altmodisch, aber er war groß und dunkel und kühl: Während der Sommermonate gab es keinen angenehmeren Ort in der ganzen Stadt. Wenn man hineinkam, stand zur Linken der Ladentisch für Tabakwaren und Zeitschriften, hinter dem Mr. Marshall gewöhnlich saß: ein untersetzter Mann mit einem viereckigen geröteten Gesicht und einem gezwirbelten, männlichen weißen Schnurrbart. Dem Ladentisch gegenüber stand die prächtige Sodabar. Sie war sehr alt und aus feinem gelblichem Marmor hergestellt, der sich ganz glatt anfühlte, aber nicht mit billiger Glasur überzogen war. Mr. Marshall hatte sie 1910 auf einer Auktion in New Orleans erstanden und war sehr stolz darauf. Wenn man auf einem der hohen, schlanken Hocker saß und über die Bar blickte, konnte man sich verschwommen, wie bei Kerzenlicht, in einer Reihe alter Mahagonispiegel betrachten. Auch die einfache Ware war in Vitrinen untergebracht, hinter Glastüren, die mit Messingschlüsseln verschlossen waren. Diese Vitrinen sahen aus, als enthielten sie kostbare Raritäten. Es lag immer ein Geruch von Sirup, Muskatnuß und anderen köstlichen Dingen in der Luft.

Im Walhalla traf sich die ganze Wachata County, bis ein gewisser McPherson in die Stadt kam und einen zweiten Drugstore eröffnete, auch auf dem Rathausplatz, direkt gegenüber. Dieser Rufus McPherson war ein ganz gemeiner Kerl; er nahm meinem Onkel nämlich die Kundschaft fort. Er richtete sich sehr modern ein, hatte zum Beispiel elektrische Ventilatoren und farbige Glühbirnen; er trug den Vorüberfahrenden die Waren ans Auto und machte gegrillte Käse-Sandwiches auf Bestellung. Wenn auch manche Mr. Marshall treu blieben, die meisten konnten Rufus McPherson doch nicht widerstehen.

Eine geraume Zeit versuchte Mr. Marshall, ihn zu übersehen: Wenn man McPhersons Namen erwähnte, ließ er so etwas wie ein Schnauben vernehmen, zwirbelte seinen Schnurrbart und blickte fort. Aber man sah, daß er wütend war. Und er wurde immer wütender. Eines Tages dann, es war so Mitte Oktober, kam ich ins Walhalla und sah ihn an der Bar sitzen, Domino spielen und mit Hamurabi Wein trinken.

Hamurabi war ein Ägypter und so etwas Ähnliches wie ein Dentist, wenn er auch nicht viel zu tun hatte, denn die Leute haben hier in der Gegend ungewöhnlich gesunde Zähne, die sie einem besonderen Stoff, den das Wasser enthält, zu verdanken haben. Die meiste Zeit lungerte er im Walhalla herum, und er war der beste Freund meines Onkels. Es war ein hübsches Mannsbild, dieser Hamurabi, dunkelhäutig und fast zwei Meter groß. Die Mütter unserer Stadt steckten ihre Töchter hinter Schloß und Riegel und machten ihm selber schöne Augen. Er hatte überhaupt keinen fremden Akzent, und ich war immer der Überzeugung, daß er so wenig ein Ägypter war wie der Mann im Mond.

Jedenfalls tranken sie da nun in großen Zügen roten italienischen Wein aus einem Vier-Liter-Krug. Es war ein betrüblicher Anblick, denn Mr. Marshall war weit und breit als Antialkoholiker bekannt. So war natürlich mein erster Gedanke: O Himmel, Rufus McPherson hat es also doch geschafft. Das war aber gar nicht der Fall.

«Komm her, mein Sohn», sagte Mr. Marshall, «und trink ein Glas Wein mit uns.»

«Ja», sagte Hamurabi, «du mußt uns helfen, ihn leer zu machen. Er ist aus dem Laden, wir können ihn nicht verkommen lassen.»

Viel später, als der Krug geleert war, nahm Mr. Marshall ihn auf und sagte: «Na, wir werden ja sehn!» Und damit verschwand er in den Nachmittag.

«Wo will er denn hin?» fragte ich.

«Tja», war alles, was Hamurabi antwortete. Es machte ihm Spaß, mich zu foppen.

Eine halbe Stunde verstrich, ehe mein Onkel wiederkam. Er ging ganz krumm und stöhnte unter der Last, die er trug. Er stellte den Krug auf die Bar, trat zurück und rieb sich lächelnd die Hände. «Nun, was haltet ihr davon?»

«Hm», schnurrte Hamurabi.

«Oje…», sagte ich.

Es war derselbe Weinkrug, bei Gott, aber er hatte sich inzwischen wunderbar verändert; denn er war jetzt bis zum Rand mit Fünf- und Zehncentstücken vollgepfropft, die matt durch das dicke Glas schimmerten.

«Hübsch, was?» sagte mein Onkel. «In der First National habe ich das machen lassen. Größere Stücke als Fünfer gin-

gen nicht rein. Aber es ist trotzdem 'ne Menge Geld drin, das kann ich euch sagen.»

«Aber was soll das, Mr. Marshall?» sagte ich. «Ich meine, was hat das für einen Sinn?»

Mr. Marshalls Lächeln ging in ein Grinsen über. «Das hier ist ein Krug voll Silber, man könnte sagen ...»

«Das Schüsselchen am Ende des Regenbogens», unterbrach Hamurabi.

«... und der Sinn, wie du es nennst, ist der, daß die Leute raten sollen, wieviel Geld da drin ist. Sagen wir zum Beispiel, du kaufst etwas für fünfundzwanzig Cents – gut, damit erwirbst du dir die Chance zu raten. Und ich werde bis zum Heiligen Abend alle Zahlen in mein Hauptbuch eintragen. An diesem Tag aber bekommt derjenige, der der richtigen Summe am nächsten gekommen ist, den ganzen Ramsch.» Hamurabi nickte feierlich. «Er spielt den Weihnachtsmann – einen ganz schön gerissenen Weihnachtsmann», sagte er. «Ich geh' jetzt nach Haus und schreib' ein Buch: Der raffinierte Mord an Rufus McPherson.» Um die Wahrheit zu sagen, er schrieb wirklich manchmal Geschichten und schickte sie an verschiedene Magazine. Aber sie kamen immer wieder zurück.

Es war überraschend und kam einem Wunder gleich, wie die Wachata County den Krug aufnahm. Seit den Tagen des Bahnvorstehers Tully, der armen Seele, hatte das Walhalla kein solches Geschäft mehr gemacht. Tully war damals plötzlich verrückt geworden und hatte überall verbreitet, er habe hinter dem Bahnhof Öl entdeckt, was zur Folge hatte, daß die Stadt von wilden Ölsuchern überschwemmt wurde. Sogar die größten Trunkenbolde, die nie einen Cent für etwas anderes ausgaben als für Whisky oder Weiber, hielten jetzt ihr Geld zusammen und legten es in Milchmischgetränken an. Ein paar ältliche Damen mißbilligten zwar öffentlich Mr. Marshalls Unternehmen als eine Art von Glücksspiel, aber sie machten uns weiter keine Scherereien, und einige kamen uns sogar gelegentlich besuchen und wagten mitzuraten. Die Schulkinder waren ganz besessen von der Sache, und ich wurde bei ihnen sehr beliebt, weil sie dachten, ich wüßte die richtige Antwort.

«Ich will dir sagen, warum das alles so ist», sagte Hamurabi und zündete sich eine der ägyptischen Zigaretten an, die er sich von einer New Yorker Firma mit der Post schicken ließ. «Es ist nämlich nicht das, was man zunächst annehmen könnte; mit anderen Worten, es ist nicht Habgier. Nein, es ist das Geheimnis, das einen solchen Zauber verbreitet. Man braucht sich ja bloß mal diese Fünf- und Zehncentstücke anzuschaun. Was denkt man dabei: Ah, *so* viel! Nein, nein. Man denkt: Ah, *wie* viel? Und das ist in der Tat eine tiefgründige Frage. Für jeden bekommt sie eine andere Bedeutung. Verstehst du?»

Und Rufus McPherson war vielleicht empört! Wenn man ein Geschäft hat, rechnet man um die Weihnachtszeit mit einem großen Teil seines jährlichen Verdienstes, und gerade jetzt tat er sich schwer, einen Kunden zu finden. So versuchte er, das mit dem Krug nachzumachen; aber weil er ein solcher Geizhals war, tat er nur Eincentstücke hinein. Er schrieb auch einen Brief an die Redaktion des ‹Banners›, unserer Wochenzeitung, in dem er sagte, daß man Mr. Marshall «teeren und federn und aufhängen sollte, weil er kleine unschuldige Kinder in gewiegte Spieler verwandelt und sie auf den Weg zur Hölle führt»! Es läßt sich denken, wie lächerlich er sich machte. Niemand hatte für McPherson etwas anderes übrig als Spott. Und so stand er ab Mitte November etwa nur noch vor seinem Laden auf der Straße und starrte bitterböse auf das fröhliche Treiben jenseits des Platzes.

Um diese Zeit etwa tauchten Appleseed und seine Schwester zum erstenmal auf. Er war in unserer Stadt nicht bekannt. Wenigstens konnte sich niemand erinnern, ihn je zuvor gesehen zu haben. Er erzählte, daß er eineinhalb Kilometer hinter Indian-Branches auf einer Farm wohne; berichtete, daß seine Mutter nur vierundsiebzig Pfund wiege und daß er noch einen älteren Bruder habe, der auf Hochzeiten für fünfzig Cents Geige spielte. Er behauptete, daß Appleseed der einzige Name sei, den er habe, und daß er zwölf Jahre alt sei. Aber Middy, seine Schwester, sagte er, sei erst acht. Sein Haar war glatt und dunkelblond. Er hatte ein schmales, wettergebräuntes Gesicht mit unruhigen grünen Augen, die einen sehr weisen und erfahrenen Ausdruck hatten. Er war klein und schmächtig und nervös; und er hatte immer dieselben Sachen an: einen roten Pullover, blaue Drillichhosen und ein Paar Stiefel von Männergröße, die bei jedem Schritt schlappten.

Es regnete, als er zum erstenmal ins Walhalla kam; das Haar klebte an seinem Kopf, als hätte er eine Kappe auf, und seine Stiefel waren vom braunen Lehm der Feldwege dick überkrustet. Middy zottelte hinter ihm her, während er großspurig wie ein Cowboy an die Bar trat, wo ich gerade Gläser wusch.

«Ich hab' gehört, ihr habt da Geld in 'ne Flasche gesteckt und wollt die jetzt wegschenken», sagte er und sah mich dabei ruhig an. «Wo ihr's doch sowieso hergebt, da wär'n wir sehr dankbar, wenn ihr's uns denn geben tätet. Ich heiße Appleseed, das hier is' meine Schwester Middy.»

Middy war ein ganz armselig aussehendes Kind. Sie war ein gutes Stück größer als ihr Bruder und sah auch älter aus: eine richtige Bohnenstange. Sie hatte kurzes, flachsblondes Haar, das aussah wie abgehackt, und ein blasses, erbarmungswürdiges kleines Gesicht. Sie trug ein verschossenes Baumwollkleidchen, das ihr knapp bis zu den spitzen Knien reichte. Irgend etwas mit ihren Zähnen stimmte nicht, und sie suchte es zu verbergen, indem sie den Mund immer fest zusammenpreßte wie eine alte Dame.

«Tut mir leid», sagte ich, «aber da mußt du mit Mr. Marshall reden.»

Und das tat er natürlich. Ich hörte, wie mein Onkel ihm erklärte, was er tun müsse, um den Krug zu gewinnen. Appleseed hörte aufmerksam zu, nickte dann und wann. Plötzlich kam er zurück, stellte sich vor den Krug, streichelte ihn ganz vorsichtig und sagte: «Is' sich nich' 'n hübsches Ding, Middy?»

Middy sagte: «Kriegen wir sie?»

«Nee. Was man da erst machen muß, du, man muß raten, wieviel Geld drin is'. Und man muß für fünfundzwanzig Cents was kaufen, um erst ma' raten zu können.»

«Ooch, wir haben doch aber gar nich' fünfundzwanzig Cents. Was meinst, wie wir fünfundzwanzig Cents kriegen sollen?»

Appleseed runzelte die Stirn und rieb sich das Kinn. «Das wird noch das einfachste sein, überlaß das man mir. Viel schwieriger ist: Wenn ich 'ne Chance hab', kann ich nich' nur raten … ich muß *wissen*.»

Nun gut, ein paar Tage später sah man sie wieder. Appleseed ließ sich auf einem Barhocker nieder und verlangte ganz ungeniert zwei Glas Wasser, eins für sich und eins für Middy.

Das war die Gelegenheit, bei der er uns die Informationen über seine Familie gab: «...dann is' noch Pappa Daddy da, das is' der Pappa von meiner Mamma, das is' 'n Indianer, weil er nämlich nich' gut Englisch sprechen kann. Mein Bruder, der wo Geige spielt, der is' schon dreimal im Kittchen gewesen... wegen ihm mußten wir weg von Louisiana. Bei 'ner Messerstecherei hat er einen schlimm zugerichtet, wegen 'ner Frau, die war zehn Jahr' älter wie er. Sie hatte blonde Haare.» Middy, die sich im Hintergrund herumdrückte, sagte nervös: «Du mußt nich' die ganzen privaten Sachen von unsrer Familie erzähln, Appleseed.»

«Halt'n Mund, Middy», sagte er, und sie war still. «Sie is' 'n liebes Ding», fügte er hinzu, drehte sich um und tätschelte ihren Kopf, «aber sie darf sich nich' alles erlauben. Geh jetzt und schau dir die Bilder in den Zeitschriften an, Liebes, und hör auf, mit den Zähnen so zu machen. Appleseed muß jetzt 'n bißchen überlegen.» Das Überlegen bestand darin, daß er unentwegt den Krug anstarrte, als wolle er ihn mit den Augen verschlingen. Das Kinn in die Hand gestützt, sah er ihn lange Zeit an, ohne ein einziges Mal seine Augenlider zu bewegen. «Eine Dame in Louisiana hat gesagt, daß ich sehn kann, was andre Leute nich' sehn können, weil ich mit 'ner Glückshaube auf die Welt gekommen bin.»

«Ist doch klar, daß du nicht sehn kannst, wieviel da drin ist», sagte ich zu ihm. «Warum läßt du dir nicht einfach eine Zahl einfallen, vielleicht ist das die richtige.»

«Huch», sagte er, «das is' verdammt riskant. Ich... so kann ich das nich' machen. Ich hab' mir überlegt, ganz sicher is' die Sache nur, wenn man jeden Fünfer und jeden Zehner zählt.»

«Zählen!»

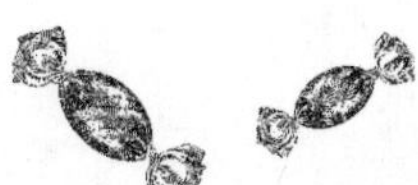

«Was zählen?» fragte Hamurabi, der gerade hereingekommen war und sich an die Bar setzte.

«Der Junge da sagt, er will zählen, wieviel in dem Krug drin ist», erklärte ich.

Hamurabi sah Appleseed interessiert an. «Wie willst du das bewerkstelligen, mein Sohn?»

«Oh, eben zählen», sagte Appleseed sachlich.

Hamurabi lachte. «Dann mußt du schon Röntgenaugen haben, mein Sohn, mehr kann ich dazu nicht sagen.»

«Oh, nein. Die Hauptsache is' nur, daß man mit 'ner Glückshaube auf die Welt gekommen is'. Eine Dame in Louisiana hat das zu mir gesagt. Das war 'ne Hexe; sie hatte mich gern, und als meine Mamma mich nich' zu ihr geben wollte, hat sie sie verhext, und darum wiegt meine Mamma nur noch vierundsiebzig Pfund.»

«Seh-r in-te-res-sant», bemerkte Hamurabi nur und sah Appleseed ganz merkwürdig an.

Middy bummelte so durch die Gegend und griff nach einer Ausgabe der ‹Filmgeheimnisse›. Sie zeigte Appleseed ein Photo und sagte: «Is' diese Dame nich' hübsch? Sieh doch nur, Appleseed, siehst du, was die für schöne Zähne hat? Die sind nich' so durcheinander.»

«Mach dir man darum keine Sorgen mehr», sagte er.

Als sie gegangen waren, bestellte Hamurabi sich eine Flasche Orangeade und trank sie langsam aus, während er eine Zigarette rauchte. «Glaubst du, bei dem Kleinen stimmt da oben alles?» fragte er plötzlich mit nachdenklicher Stimme.

In den kleinen Städten läßt sich Weihnachten am allerbesten feiern, glaube ich. Die Stimmung breitet sich in ihnen schneller aus, sie verwandeln sich und kommen unter diesem Zauber zu einem völlig neuen Leben. Schon in der ersten

Dezemberwoche wurden die Haustüren mit Kränzen geschmückt, und in den Schaufenstern sah man schimmernde rote Papierglocken und glitzernden Schnee. Die Kinder wanderten in die Wälder hinaus und kamen mit duftenden Weihnachtsbäumen schwer beladen zurück. Die Frauen fingen an, ihre Stollen zu backen, sie machten die Einmachgläser mit dem Mincemeat auf und die Flaschen mit dem Brombeer- und Scuppernong-Wein. Auf dem Rathausplatz wurde ein riesengroßer Baum mit Lametta und elektrischen Kerzen geschmückt, die nach Sonnenuntergang angezündet wurden. Spät am Nachmittag konnte man den Chor der Presbyterianerkirche Weihnachtslieder für das alljährlich stattfindende Krippenspiel üben hören. In der ganzen Stadt standen die Kamelien in voller Blüte.

Der einzige Mensch, der nicht im geringsten von dieser zu Herzen gehenden Atmosphäre berührt zu sein schien, war Appleseed. Er ging seiner Beschäftigung nach, das Kruggeld zu zählen, und er tat das mit großer und beharrlicher Sorgfalt. Jeden Tag kam er nun ins Walhalla und konzentrierte sich auf den Krug, wobei er finster vor sich hin blickte und murmelte. Anfangs waren wir alle fasziniert, aber allmählich wurde es langweilig, und niemand kümmerte sich mehr um ihn. Er kaufte nie etwas, offensichtlich war es ihm nicht gelungen, die fünfundzwanzig Cents aufzutreiben. Manchmal sprach er mit Hamurabi, der ein zärtliches Interesse an ihm nahm und ihm gelegentlich Bonbons oder für einen Cent Lakritze schenkte.

«Glauben Sie immer noch, daß er ’n bißchen spinnt?» fragte ich.

«Ich bin mir nicht ganz sicher», sagte Hamurabi. «Aber du wirst es schon noch erfahren. Er ißt nicht genug. Ich werd’ ihn mal ins Café Regenbogen mitnehmen und ihm einen Teller Gulasch bestellen.»

«Fünfundzwanzig Cents wären ihm wahrscheinlich lieber.»

«Nein. Er braucht eine ordentliche Portion Gulasch. Außerdem wäre es für ihn besser, wenn er nie zum Raten käme. Ein so nervöses, so ungewöhnliches Kind, ich möchte nicht dafür verantwortlich sein, wenn er verliert. Sag doch selbst, es wär' schrecklich.»

Ich will zugeben, daß Appleseed mir zu der Zeit nicht ganz richtig vorkam. Mr. Marshall hatte Mitleid mit ihm. Die Kinder versuchten ihn zu necken, gaben es aber bald auf, weil er sich einfach nicht um sie kümmerte. Den ganzen Tag sah man ihn nur an der Bar sitzen, mit gerunzelter Stirn, die Augen unentwegt auf den Krug gerichtet. Und er war so abwesend, daß man manchmal das schrecklich unheimliche Gefühl hatte, er existiere vielleicht gar nicht. Und wenn man schon beinah wirklich davon überzeugt war, wachte er auf und sagte so etwas Ähnliches wie: «Weißt, hoffentlich is' 'n Buffalo-Fünfer drin, von 1913. So 'n Junge hat mir gesagt, wo man für 'nen Buffalo-Fünfer von 1913 fünfzig Dollars kriegt.» Oder: «Middy soll 'ne berühmte Dame beim Film werden. Die verdienen 'ne Menge Geld, die Damen, die beim Film mitmachen. Dann essen wir aber keinen Grünkohl mehr, solang wir leben. Nur Middy sagt, sie kann nich' zum Film, wenn sie keine schönen Zähne hat.»

Middy kam nicht immer mit ihrem Bruder mit. An den Tagen, an denen sie nicht dabei war, schien er nicht er selbst zu sein; er war dann scheu und ging bald wieder.

Hamurabi hielt sein Versprechen und lud ihn zu einem Gulasch ins Café ein. «Mr. Hamurabi is' nett, doch, doch», sagte Appleseed hinterher, «aber er hat so komische Ansichten: Er

TEAS

is' der Meinung, daß er König wär' oder so was Ähnliches, wenn er an einem Ort leben würde, der Ägypten heißt.»

Und Hamurabi sagte: «Dieses Kind hat ein rührendes Vertrauen. Es ist schön, wenn man das so sieht. Aber ich fange an, die ganze Sache zu verabscheuen.» Und er zeigte zum Krug hinüber. «Eine derartige Hoffnung in einem Menschen zu erwecken ist grausam, und es tut mir verdammt leid, daß ich anfangs mitgemacht habe.»

Im Walhalla vertrieb man sich am liebsten die Zeit damit, zu überlegen, was man kaufen würde, wenn man den Krug bekäme. Unter denen, die dabei mitmachten, waren: Salomon Katz, Phoebe Johnes, Carl Kuhnhardt, Pully Simmons, Eddie Foxcroft, Marvin Finkle, Trudy Edwards und ein Neger namens Erskine Washington. Ein paar ihrer Wünsche waren: eine Reise nach Birmingham, um sich dort Dauerwellen machen zu lassen, ein gebrauchtes Klavier, ein Shetland-Pony, ein goldenes Armband, eine vollständige Ausgabe von Rover-Boys-Büchern und eine Lebensversicherung.

Einmal fragte Mr. Marshall, was Appleseed sich denn wünsche. «Das is' 'n Geheimnis», war die Antwort, und kein noch so dringendes Bitten konnte ihn dazu bringen, es zu verraten. Aber wir waren davon überzeugt, daß es ein ganz brennender Wunsch sein mußte, was es auch immer sein mochte.

Richtig Winter wird es bei uns in der Regel erst Ende Januar, und dann ist er auch noch ziemlich mild und dauert nicht lange.

Aber in dem Jahr, von dem ich schreibe, waren wir schon in der Woche vor Weihnachten mit einem ungewöhnlichen

Kälteeinbruch gesegnet. Mancher redet heute noch davon, denn es war ganz schrecklich: Die Wasserleitungen froren ein; viele Leute mußten, in ihre Decken gehüllt, den ganzen Tag im Bett bleiben, weil sie es versäumt hatten, genug Holz für den Kamin zu besorgen; der Himmel verwandelte sich in jenes seltsam trübe Grau, das er kurz vor einem Gewitter zeigt, und die Sonne war so blaß wie der abnehmende Mond. Ein scharfer Wind blies. Er fegte die alten, vertrockneten Blätter des vergangenen Herbstes auf den vereisten Boden, und der Tannenbaum auf dem Rathausplatz wurde zweimal seines ganzen Weihnachtsschmuckes beraubt. Wenn man atmete, entstanden Rauchschwaden. Unten bei der Seidenspinnerei, wo die Ärmsten der Armen wohnten, drängten sich die Familien abends in der Dunkelheit zusammen und erzählten sich Geschichten, um sich von der Kälte abzulenken. Draußen auf dem Land bedeckten die Farmer ihre empfindlichen Pflanzen mit Hanfsäcken und beteten; manche nutzten das Wetter aus, schlachteten ihre Schweine und brachten frische Wurst in die Stadt. Mr. R. C. Judkins, der Trunkenbold der Stadt, staffierte sich mit einem roten Rupfengewand aus und spielte den Weihnachtsmann in dem Geschäft, in dem es nur Sachen für fünf und zehn Cents zu kaufen gibt. Mr. R. C. Judkins war Vater einer großen Familie, und alle waren glücklich, ihn einmal so nüchtern zu erleben, daß er in der Lage war, einen Dollar zu verdienen. Auf einer der Feiern, die die Kirche jetzt veranstaltete, standen sich Mr. Marshall und Rufus McPherson plötzlich von Angesicht zu Angesicht gegenüber: Bittere Worte wurden gewechselt, aber es kam zu keiner Schlägerei.

Wie schon erwähnt, lebte Appleseed auf einer Farm, eineinhalb Kilometer hinter Indian-Branches, also annähernd fünf Kilometer von unserer Stadt entfernt; ein riesig langer und einsamer Weg. Aber trotz der Kälte kam er jeden Tag ins Walhalla und blieb bis Ladenschluß, das bedeutete, da die Tage nun kürzer waren, bis nach Einbruch der Dunkelheit. Gelegentlich konnte er den halben Weg mit dem Vorarbeiter von der Seidenspinnerei mitfahren, aber das kam nicht oft vor. Er sah müde aus und bekam tiefe Falten um den Mund. Er fror dauernd und bibberte furchtbar vor Kälte. Ich glaube nicht, daß er irgend etwas Warmes unter seinem roten Pullover und seinen blauen Drillichhosen anhatte.

Es war drei Tage vor Weihnachten, als er plötzlich aus heiterem Himmel verkündete: «Nun, ich bin fertig. Ich meine, ich weiß jetzt, wieviel in der Flasche drin is'.» Er brachte das mit einer solch ernsthaften, feierlichen Sicherheit heraus, daß es schwerfiel, daran zu zweifeln.

«Jetzt hör aber mal auf, mein Sohn», sagte Hamurabi, der auch gerade da war. «Das kannst du gar nicht wissen. Es ist falsch, sich das einzubilden; du bist drauf und dran, dir nur weh zu tun.»

«Sie brauchen mir keine Predigt zu halten, Mr. Hamurabi. Ich weiß schon, was ich tu'. 'ne Dame in Louisiana hat zu mir gesagt...»

«Ja, ja, ja – aber du solltest das vergessen. Wenn ich du wäre, würde ich jetzt schön nach Hause gehn und dort auch bleiben und diesen gottverdammten Krug vergessen.»

«Mein Bruder geht heute abend rüber nach Cherokee City, auf 'ne Hochzeit, er soll dort wieder spielen, und er wird mir dann die fünfundzwanzig Cents geben», sagte Appleseed halsstarrig. «Morgen werd' ich mein Glück versuchen.»

Am nächsten Tag war ich daher einigermaßen aufgeregt, als Appleseed und Middy ankamen. Er hatte wirklich seine fünfundzwanzig Cents: Zur Sicherheit waren sie in den Zipfel eines roten Taschentuches eingebunden.

Die beiden wanderten Hand in Hand an den Auslagen entlang und beratschlagten flüsternd, was sie sich kaufen sollten. Schließlich entschieden sie sich für ein fingerhutgroßes Fläschchen Gardenia-Cologne, das Middy sofort aufmachte und sich zur Hälfte aufs Haar goß. «Es riecht wie … oh, liebe Mutter Gottes, ich hab' noch nie so was Süßes gerochen. Komm, Appleseed, Liebling, laß mich auch was auf dein Haar spritzen.» Aber er ließ es nicht zu.

Mr. Marshall suchte sein Hauptbuch heraus, das alle Zahlen enthielt, während Appleseed zur Bar schlenderte; er legte beide Hände um den Krug und streichelte ihn sanft. Seine Augen leuchteten, und seine Wangen glühten vor Erregung. Ein paar Leute, die im Augenblick gerade im Drugstore waren, drängten sich näher heran. Middy stand im Hintergrund, kratzte sich seelenruhig am Bein und roch an dem Cologne. Hamurabi war nicht da.

Mr. Marshall leckte an seiner Bleistiftspitze und lächelte.

«O. k., mein Sohn, was soll ich nun schreiben?»

Appleseed holte tief Luft. «Siebenundsiebzig Dollar und fünfunddreißig Cents», platzte er heraus.

Mit dem Nennen einer so ungeraden Zahl bewies er Originalität, weil im großen und ganzen nur runde Ziffern geraten worden waren. Mr. Marshall wiederholte feierlich den Betrag, während er ihn niederschrieb.

«Wann erfahr' ich, ob ich gewonnen hab'?»

«Am Heiligen Abend», sagte irgend jemand.

«Das is' morgen, wie?»

«Ja, so ist es», sagte Mr. Marshall ohne jegliche Überraschung. «Komm um vier Uhr.»

Während der Nacht sank das Thermometer noch tiefer, und gegen Morgen gab es einen jener heftigen sommergleichen Regengüsse, so daß der nächste Tag heiter und frostig war. In der Stadt sah es aus wie auf einer Ansichtskarte aus dem Norden, mit glitzernden Eiszapfen an den Bäumen und Eisblumen auf allen Fensterscheiben. Mr. R. C. Judkins stand in aller Frühe auf, stampfte ohne ersichtlichen Grund durch die Straßen und läutete mit einer Tischglocke, ab und zu blieb er stehen, um einen Schluck Whisky aus einer kleinen Flasche zu nehmen, die er in seiner hinteren Tasche verborgen hielt. Da der Tag windstill war, stieg aus den Schornsteinen der Rauch gemächlich und geradewegs zum frostigen Himmel auf. Ein bißchen später war der Presbyterianische Chor schon in vollem Schwung; und die Kinder (sie trugen schreckenerregende Masken wie am Abend vor Allerheiligen) jagten einander rund um den Platz und machten einen ohrenbetäubenden Lärm.

Hamurabi kam gegen Mittag, um uns beim Ausschmücken von Walhalla behilflich zu sein. Er brachte eine große Tüte mit Mandarinen mit, die wir zusammen alle aufaßen; die Schalen warfen wir in den neuen dickbauchigen Ofen (ein Geschenk Mr. Marshalls an sich selbst), der in der Mitte des Ladens stand. Dann nahm mein Onkel den Krug von der Bar, polierte ihn blank und stellte ihn auf einen Tisch, von dem aus man ihn gut sehen konnte. Danach war er für uns überhaupt keine Hilfe mehr, denn er hockte auf einem Stuhl und verbrachte die ganze Zeit damit, eine zerknitterte grüne Schleife um den Krug zu binden und sie wieder abzunehmen. So mußten Hamurabi und ich das übrige allein machen: Wir fegten den Boden, rieben die Spiegel blank, staubten die Vitrinen ab und zogen rote und grüne Bänder aus Kreppapier von einer Wand zur anderen. Als wir fertig waren, sah alles sehr hübsch und elegant aus.

Aber Hamurabi sah trübselig auf unser Werk und sagte: «Nun, ich denke, ich mach' jetzt, daß ich fortkomme.»

«Du willst nicht bleiben?» fragte Mr. Marshall betroffen.

«Oh, nein, nein», sagte Hamurabi und schüttelte langsam seinen Kopf. «Ich will nicht das Gesicht dieses Kindes sehen. Heut ist Weihnachten, und ich hab' die Absicht, mich zu amüsieren. Und das kann ich nicht, nicht, wenn ich mir das aufs Gewissen lade. Teufel, ich könnt' nicht mal schlafen.»

«Mach, was du willst», sagte Mr. Marshall. Er zuckte die Achseln, aber man konnte sehen, daß er sich verletzt fühlte. «So ist das Leben eben – und außerdem, wer weiß denn, ob er nicht gewinnt?»

Hamurabi seufzte schwermütig. «Was hat er geraten?»

«Siebenundsiebzig Dollar und fünfunddreißig Cents», sagte ich.

«Gebt doch zu, das ist doch hirngespinstig», sagte Hamurabi. Er ließ sich neben Mr. Marshall auf einen Stuhl fallen, schlug die Beine übereinander und zündete sich eine Zigarette an. «Wenn du Baby Ruth dahast, möcht' ich gern eins, ich hab' 'nen ganz bitteren Geschmack im Mund.»

Der Nachmittag schlich dahin, und wir saßen alle drei um den Tisch herum und fühlten uns schrecklich elend. Es wurde kaum ein Wort gesprochen, und als die Kinder nun den Platz verlassen hatten, hörte man nur noch die Uhr vom Rathausturm die Stunden schlagen. Das Walhalla war geschlossen, aber ständig gingen Leute vorbei und schauten verstohlen ins Fenster. Um drei Uhr sagte Mr. Marshall mir, ich solle die Tür aufschließen.

Innerhalb von zwanzig Minuten war der Raum proppenvoll; alle hatten sie ihre Sonntagskleider an, und in der Luft lag ein süßlicher Geruch, denn die meisten der kleinen Mädchen von der Seidenspinnerei hatten sich mit Vanille einparfümiert. Sie drängten sich an den Wänden entlang, setzten sich auf die Bar, quetschten sich hinein, wo immer sie konnten; bald zog sich die Menge bis auf die Straße hinaus. Der Platz war mit Pferdegespannen und T.-Ford-Modellen umsäumt, die die Farmer mit ihren Familien in die Stadt gebracht hatten. Es gab viel Gelächter und Schreien und Spaß – ein paar empörte Damen beklagten sich über das Fluchen und rücksichtslose Schieben und Drängen der jungen Burschen, aber niemand ging fort. Am Seiteneingang hatte sich eine ganze Menge Neger zusammengefunden, und sie amüsierten sich am meisten. Jeder versuchte, das Beste aus einer guten Sache zu machen. Denn in unserer Gegend ist es für gewöhnlich sehr ruhig: Es geschieht nicht viel. Man kann mit Sicherheit sagen, daß nahezu die ganze Wachata County anwesend war, mit Ausnahme der Kranken natürlich und – Rufus McPhersons. Ich sah mich nach Appleseed um, konnte ihn aber nirgends entdecken. Mr. Marshall räusperte sich und klatschte in die Hände, um sich Ruhe zu verschaffen. Als sich der Lärm gelegt hatte und die Atmosphäre genügend gespannt war, erhob er seine Stimme wie ein Auktionator und rief: «Nun hört alle mal her, in diesem Umschlag, den ihr hier in meiner Hand seht» – und er hob ein gelbes Kuvert hoch über seinen Kopf –, «hier also steht die Lösung drin, die bis zu diesem Augenblick niemand kennt, außer dem lieben Gott und der First National Bank, ha, ha. Und in dieses

Buch» – er hob nun das Hauptbuch mit der anderen Hand hoch – «hab' ich alles aufgeschrieben, was ihr geraten habt. Hat noch jemand eine Frage?» Alles war still. «Schön. Wenn wir jetzt noch jemand haben könnten, der freiwillig...»

Nicht eine lebende Seele rührte sich von der Stelle: Es war, als ob eine entsetzliche Scheu die Menge überfallen hätte, und auch diejenigen, die sonst die größten Angeber waren, scharrten nur verlegen mit den Füßen. Da rief jemand, es war Appleseeds Stimme: «Durchlassen... Ma'am, gehn Se bitte aus'm Weg.» Als er sich nun nach vorn drängte, trotteten Middy und ein magerer, verschlafen aussehender Bursche hinter ihm her, es war offensichtlich der geigende Bruder. Appleseed hatte dasselbe an wie immer, aber sein Gesicht war sauber geschrubbt und rosig, die Stiefel waren geputzt, und das Haar hatte er mit Pomade glatt zurückgekämmt. «Kommen wir noch zur Zeit?» keuchte er.

Aber Mr. Marshall sagte: «Du willst also unser Freiwilliger sein?»

Appleseed sah ihn verwirrt an, nickte dann aber heftig.

«Hat irgend jemand etwas gegen diesen jungen Mann einzuwenden?»

Immer noch herrschte Totenstille. Mr. Marshall übergab Appleseed den Umschlag, der ihn ruhig entgegennahm. Er nagte an seiner Unterlippe und sah ihn erst noch einen Moment an, bevor er ihn aufriß.

In der ganzen Versammlung gab es keinen Laut, außer einem gelegentlichen Husten und dem gedämpften Klingeln von Mr. R. C. Judkins' Tischglocke. Hamurabi lehnte an der Bar und starrte zur Decke; Middy stierte mit leerem Blick über die Schulter des Bruders, und als er daranging, den Umschlag aufzureißen, stieß sie einen leisen, ängstlichen Seufzer aus.

Appleseed zog einen rosa Zettel heraus, und während er ihn so vorsichtig hielt, als ob er zerbrechen könnte, murmelte er das, was darauf geschrieben stand, leise vor sich hin. Plötzlich wurde sein Gesicht ganz blaß und Tränen glänzten in seinen Augen.

«He, nu red schon, Junge», brüllte irgendwer.

Hamurabi trat vor und riß ihm beinahe den Zettel aus der Hand. Er räusperte sich und fing an zu lesen, während sich sein Gesicht ganz komisch veränderte. «Heilige Mutter Gottes...», sagte er.

«Lauter, lauter», forderte man ärgerlich im Chor.

«Betrügerbande!» brüllte Mr. R. C. Judkins, der um diese Zeit schon wieder einen in der Krone hatte. «Ich rieche eine Ratte, und sie stinkt schon zum Himmel!» Worauf ein Wirbelsturm von Schreien und Pfiffen die Luft erfüllte.

Appleseeds Bruder fuhr herum und schüttelte seine Fäuste.

«Maul halten, Maul halten, sonst hau' ich euch eure verdammten Köpfe zusammen, daß ihr Beulen kriegt, wie 'n Kürbis so groß, versteht ihr?»

«Bürger», schrie Bürgermeister Mawes, «Bürger – hört doch, heut ist Weihnachten... so hört doch...»

Und Mr. Marshall sprang auf einen Stuhl, klatschte in die Hände und stampfte mit den Füßen, bis wieder einigermaßen Ruhe herrschte. Es soll hier schon gleich erwähnt werden, daß Rufus McPherson dem Mr. R. C. Judkins Geld dafür gegeben hatte, damit er jenen Wirbel verursachte, wie wir später erfuhren. Jedenfalls, als der Tumult vorüber war, hatte natürlich niemand anderes den Zettel in Händen als ich... aber man frage mich nicht, wie es dazu gekommen ist.

Ohne zu überlegen, schrie ich: «Siebenundsiebzig Dollar und fünfunddreißig Cents.» Natürlich verstand ich in der Aufregung zuerst nicht, was das bedeutete; es war nur eine Zahl. Aber dann brach Appleseeds Bruder in sein Freudengeheul aus, und nun begriff ich; der Name des Gewinners wurde schnell bekannt, und das ehrfurchtsvolle Geflüster hörte sich an wie ein Gewitterregen. Aber Appleseed selbst bot einen jammervollen Anblick. Er weinte, als ob er tödlich verwundet wäre, doch als Hamurabi ihn dann auf seine Schultern hob, damit die Menge ihn bewundern konnte, trocknete er sich die Augen mit dem Ärmel seines Pullovers und fing an zu grinsen. Mr. R. C. Judkins brüllte: «Zigeuner! Lausiger Zigeuner!» Aber seine Stimme ging in einem ohrenbetäubenden Applaus unter.

Middy packte meinen Arm. «Meine Zähne», quietschte sie. «Jetzt krieg' ich meine Zähne!»

«Zähne?» fragte ich noch ganz betäubt.

«Falsche», sagte sie. «Das ist es doch, was wir uns für das Geld kaufen wollen – ein schönes weißes Gebiß.»

Aber im Augenblick interessierte mich einzig und allein, wie Appleseed auf diese Zahl gekommen war. «Komm, erzähl mir», sagte ich verzweifelt, «erzähl mir, wie, in Gottes Namen, konnte Appleseed wissen, daß es gerade siebenundsiebzig Dollar und fünfunddreißig Cents waren?»

Middy sah mich verständnislos an. «Warum, ich denke, er hat es dir gesagt», antwortete sie ganz ernst. «Er hat gezählt.»

«Ja, aber wie – wie?»

«Geh, weißt du nicht mal, wie man zählt?»

«Aber ist das alles?»

«Nun ja», sagte sie, und es folgte eine nachdenkliche Pause. «'n bißchen gebetet hat er auch noch.» Sie machte Anstalten davonzustürzen, drehte sich aber noch einmal um und rief: «Außerdem ist er mit 'ner Glückshaube auf die Welt gekommen.»

Und mehr hat nie jemand über dieses Geheimnis erfahren.

Wenn man Appleseed später fragte: «Wie hast du das gemacht?» lächelte er nur seltsam und wechselte das Thema.

Viele Jahre später zog er mit seiner Familie irgendwohin nach Florida, und man hörte nie wieder von ihm.

In unserer Stadt aber ist diese Legende immer noch lebendig; und bis zu seinem Tod im April des vergangenen Jahres wurde Mr. Marshall am Heiligen Abend immer in die Bibelstunde der Baptisten eingeladen, um die Geschichte von Appleseed zu erzählen. Hamurabi schrieb auch einmal einen Bericht darüber und schickte ihn an verschiedene Magazine. Er wurde aber nie gedruckt. Ein Redakteur schrieb zurück: «Wenn aus dem kleinen Mädchen wirklich ein Filmstar geworden ist, läßt sich vielleicht etwas mit Ihrer Geschichte anfangen.» Aber das ist nie geschehen, und warum soll man lügen?

Fredrik Vahle

Erzähl mir eine Geschichte!

Die Geschichte vom Hund?
Die kenn' ich, na und!
Die Geschichte vom Bär?
Die ist mir zu schwer!
Die Geschichte vom Pferd?
Ach, die ist nix wert!
Die Geschichte vom Schnee?
Die ist kalt und tut weh!
Die Geschichte vom
schnarchenden Weihnachtsmann?
Die will ich hören. Fang gleich damit an!

Fredrik Vahle

Lied vom Weihnachtsmann

Der Weihnachtsmann sagt: Bitte sehr!
Ich schleppe keine Säcke mehr.
Ich bleibe dieses Jahr im Wald,
und pfeift der Wind auch noch so kalt.
Ja, ja... nee, nee,
in Eis und Schnee.

Im Sommer fragen sie mich dumm:
Was streunt der Penner im Wald herum?
Jedoch im Winter sind sie hart,
da brauchen sie einen Mann mit Bart.
Ja, ja... nee, nee,
in Eis und Schnee.

Und das Gewühle in der Stadt,
ich weiß nicht, wer's erfunden hat.
Ich mußte Reklame vorm Karstadt stehn
und durfte nicht nach Hause gehn.
Ja, ja... nee, nee,
in Eis und Schnee.

Doch wenn ihr Lust habt, dann kommt bald
in meinen Weihnachtswinterwald.
Bringt eine Knoblauchpizza mit,
denn darauf hab' ich Appetit.
Ja, ja… nee, nee,
in Eis und Schnee.

*

Wir machen dann im Glitzerschnee
'ne Schlitterbahn quer über'n See.
Und wenn ihr heimkommt, sagt ihr dann:
Ein' schönen Gruß vom Weihnachtsmann.
Ja, ja… nee, nee,
in Eis und Schnee.

Walter Kempowski

Der Nußknacker

Wir haben einen schönen Nußknacker, er hat einen schwarzen Helm auf dem Kopf und rote Hosen an. Er hat sogar einen Säbel. Der arme Nußknacker! Den ganzen Sommer über liegt er in einem Karton, zusammen mit den Glaskugeln für den Weihnachtsbaum. In dem Karton ist es sehr eng und knuffig. Gut ist es, daß der Nußknacker Gesellschaft hat, um ihn herum liegen die Weihnachtsengel. Zu Weihnachten packt Vater den Karton aus. Die Engel, die Kugeln und die Sterne kommen an den Weihnachtsbaum. Der Nußknacker kommt auf den Tisch. Mit seinen kräftigen Zähnen knackt er jede Nuß, nur nicht die Paranuß, und die Kokosnuß natürlich auch nicht.

Merkwürdig, daß es keine Nußknackerin gibt.

Jürgen Spohn

Nuß oder Nuß

Es waren einmal zwei Nüsse. Die eine war aus Nuß, die andere war aus Silber. Die einfache Nuß schämte sich und wäre auch gerne aus Silber gewesen.

Dann kam ein Kind und spielte mit ihnen im Garten. Dort blieben die beiden vergessen in der weichen Erde liegen. Die silberne Nuß verlor ihren Glanz und wurde schwarz. In der anderen Nuß aber regte sich etwas im Inneren.

Als einige Jahre vergangen waren, stand da ein junger Nußbaum und ließ seine Früchte auf die Erde prasseln. Sie waren nicht aus Silber, aber köstlich, und sie wollten auch Nußbäume werden.

Günter Saalmann

Basteln für Weihnachten

Wer stets zur Zeit an alles denkt,
kann selber basteln, was er schenkt.
Aus Glanzpapier und Flittergold,
Wachs oder Knete, weichgerollt,
mit unten so 'nem netten Brettchen
und oben 'nem gedrehten Fädchen,
Stoff, Firnisöl, 'nem Achtel Quark,
im Wert nicht teurer als drei Mark.
Denn nicht entscheidend ist der Preis,
vielmehr Geduld, Herz, Liebe, Fleiß.

All diese Dinge leimen wir
im rechten Winkel aufs Papier,
derart, daß hinten jedenfalls
die Nut noch Spiel hat unterm Falz.
Die solcherart entstandne Lasche
hält dann die Fleckentfernerflasche.

Die Mutter staunt und nimmt uns warm
zu Heiligabend in den Arm.
«Wie praktisch», ruft sie,
«und wie taktisch!
Dies ist das schönste Dingsperlings,
das je...» Sie lächelt wie die Sphinx.

Günter Saalmann

Wir haben ein Paket gekriegt

Wir haben ein Paket gekriegt,
laßt sehn, was uns die Tante schickt!
Nur schnell! Und schneidet schnipp und schnapp
die doofe Kordel ab.

Wir haben ein Paket gekriegt,
laßt sehn, was uns die Tante schickt!
Ritsch, ratsch, denn wozu brauchen wir
das dicke Packpapier?

Wir haben ein Paket gekriegt,
laßt sehn, was uns die Tante schickt!
Und klebt der Pappendeckel zu –
den schaffen wir im Nu!

Wir haben ein Paket gekriegt,
laßt sehn, was uns die Tante schickt!
Da raschelt ein Papier so weich?
Zerreißen wir's nur gleich.

Wir haben ein Paket gekriegt,
laßt sehn, was uns die Tante schickt!
Ein hübsches Kästchen, blank und neu?
Kracks! Damit ist's vorbei.

Wir haben ein Paket gekriegt,
laßt sehn, was uns die Tante schickt!
Da klebt ein Puffreiskorn, wie schön!
Das teilen wir durch zehn.

Elia W. Peattie

Liebes kleines Gespenst

Auf den ersten Blick war man von Elsbeth nicht gerade hingerissen. Sie war dünn und braun, hatte eine leichte Stupsnase, ihre Zehen trippelten so sanft, daß man es kaum merkte, und ihre Haare waren völlig glatt. Sah man jedoch länger hin, dann merkte man, daß sie ein bezauberndes kleines Ding war. Das glatte Haar war so fein wie Seide und hing ihr in ulkigen kleinen Zöpfen den Rücken hinab; ihre zarte braune Haut war makellos und ihr Mund sanft und wohlgeformt. Ihr ganz besonderer Charme aber lag in einer Miene, die sie schon aus Gewohnheit trug: als würde sie sonderbare Dinge wissen – deren Kenntnis gewöhnlichen Sterblichen nicht vergönnt ist. Man fühlte sich versucht, sie zu fragen:

«Was sind das für schöne Dinge, die du kennst und die andre nicht kennen? Was erblickst du mit diesen weisen, klaren Augen? Wie kommt es, daß jedermann dich liebt?»

Elsbeth war mein Patentöchterchen, und ich kannte sie besser als irgend sonst ein Kind auf dieser Welt. Aber dennoch konnte ich nicht ehrlichen Gewissens behaupten, ich sei mit ihr vertraut, denn für mich glich ihre Seele einer schönen, duftigen Landstraße, auf der ich fröhlich und in Frieden dahingehen durfte, wo ich jedoch ständig etwas Neues entdeckte. Als ich Elsbeth das letzte Mal frisch und gesund erblickte, war sie drüben in den Wäldern, zusammen mit ihren beiden kleinen Brüdern und ihrem Kindermädchen. Sie waren über die heißesten Sommerwochen dorthin gegangen, und ich närrische alte Schachtel bin ihr gefolgt, nur um ihr nahe zu sein; denn ich hatte das Gefühl, mich da aufhalten zu müssen, wo das süße Aroma ihres Lebens zu mir dringen konnte.

Eines Morgens, als ich ein wenig hinkend aus meinem Zimmer kam – ich bin nämlich auch nicht mehr so jung wie früher, und der Wind vom See her macht mir arg zu schaffen –, da tanzte mir mein kleines Patenkind entgegen und sang dabei:

«Komm mit, dann zeige ich dir meine Plätze, meine Plätze, meine Plätze!»

Vielleicht hat Miriam, als sie am Roten Meer ihren Gesang anstimmte, frohlockender geklungen; bezaubernder jedoch konnte auch sie nicht gewesen sein. Natürlich kannte ich diese «Plätze», denn auch ich war einst ein kleines Mädchen gewesen; wer aber den eigentlichen, wahren Sinn der Worte «meine Plätze» nicht aus persönlicher Erfahrung kennt, dem würde man es vergeblich zu erkären suchen. Entweder man weiß Bescheid darüber oder nicht – so wie man auch den Sinn von Gedichten entweder versteht oder nicht. Es gibt Dinge auf der Welt, die kann man nicht erlernen.

Elsbeths zwei winzige Brüderchen waren auch da, und ich nahm jedes von ihnen bei der Hand und folgte ihr. Sobald wir zur Tür hinaus waren, im Wald, legte sich eine Art Geheimnis auf die Welt und auf uns. Wir waren angehalten, uns leise zu bewegen; und das taten wir – vermieden das Knistern und Knacken dürrer Zweige.

«Die Elfen hassen Lärm», flüsterte mein kleines Patenkind, während sich seine Augen verschmälerten wie die einer Katze.

«Zuerst einmal muß ich meinen Zauberstab holen», sagte es mit ehrfurchtsvollem Unterton. «Es ist sinnlos, irgend etwas ohne Zauberstab zu versuchen.»

Die winzigen Buben waren zutiefst beeindruckt, und ich muß sagen: ich ebenfalls. Es kam mir vor, als sollte ich nun endlich, wenn ich mich nicht verkehrt benahm, die Feen sehen, die sich meinem materialistischen Blick bislang entzogen hatten – ein verzauberter Moment, in dem das Leben nichts Banales zu besitzen schien.

Nicht weit von uns war eine sumpfige, dichtbewachsene Mulde, und in sie stürzte sich das kleine Mädchen. Ich konnte seinen roten Strohhut im Röhricht hüpfen sehen und fragte mich, ob es dort Schlangen gab.

«Glaubst du, es gibt dort Schlangen?» sagte ich zu einem der winzigen Jungen.

«Wenn ja», antwortete er voller Überzeugung, «dann traun sie sich nicht, ihr etwas zu tun.»

Er überzeugte mich. Ich hatte keine Angst mehr. Fast augenblicklich kam Elsbeth aus der sumpfigen Mulde heraus. In ihrer Hand war ein brauner Rohrkolben, vollkommen glatt, dick und rund. Sie trug ihn wie eine Königin ihr Zepter – die schönen Königinnen, von denen wir in unsrer Jugend träumen.

«Kommt!» befahl sie mit einem zierlichen Wink ihres Zepters, und so folgten wir ihr. Jeder der beiden winzigen Jungen nahm mich fest bei der Hand. Wir verspürten alle drei ein wenig Ehrfurcht. Elsbeth führte uns in ein dunkles Unterholz. Die Zweige, die uns ins Gesicht schlugen, machten unsere Stirn und unsre Wangen feucht vom Tau. Ein winziger Pfad, den die lieben Füße des Mädchens getreten hatten, lenkte unsere Schritte. Der Duft von Holunder und Spritzgurken erfüllte die Luft. Ein aufgeschreckter Vogel kreischte über unsren Köpfen. Das Unterholz verdichtete sich. Plötzlich war das fahle Zwielicht der Schierlingstannen über uns, und in der Mitte des schattigen Rasenfleckchens entfaltete ein Tulpenbaum seine prachtvollen Blätter. Wogen donnerten und brachen sich unten an der Küste. Je weiter wir unseren Weg fortsetzten – mit ganz zarten Schritten –, desto feuchter wurde es. Ein grünes Schlänglein lief kokett vor uns her, und ein dickes, glänzendes Eichhörnchen schnatterte uns aus sicherer Höhe zu, wobei es sich wie ein leutseliger Gevatter den Bart strich.

Zu guter Letzt kamen wir an die bewußte Stelle. Es war eine kleine, mit samtweichem Gras bewachsene Lichtung, kreisrund und so leuchtend wie das erste Grün des Frühlings, die Halme so fein wie Algengewächse. Ein breiter Sonnenstrahl, der zwischen den Tannen hindurchfiel, übergoß sie mit einem gedämpften Licht und ließ den Wald ringsum wie purpurnen Samt erscheinen. Mein kleines Patenkind stand in der Mitte und erhob mit feierlicher Gebärde seinen Zauberstab.

«Das hier ist es», sagte das Mädchen mit einem Unterton voll wundersamer Freude.

«Hier komm ich her, um mit den Feen zu tanzen. Seht ihr sie?»

«Wen?» flüsterte der eine der winzigen Jungen.

«Die Feen.»

Eine Stille trat ein. Der ältere Junge zog mich am Rock.

«Siehst *du* sie?» fragte er mit erwartungsvoll zitternder Stimme.

«Offen gestanden», antwortete ich, «bin ich wohl schon zu alt und zu verdorben, um Feen zu sehen, und dennoch – sind ihre Hüte rot?»

«Ja, das sind sie», lachte mein kleines Mädchen. «Ihre Hüte sind rot und so klein – so klein!» Es hielt den Nagel seines Fingerchens hoch, um uns die rechte Vorstellung zu geben. Er schimmerte wie Perlmutt.

«Und sind ihre Schuhe ganz spitz vorne?»

«O ja, sehr spitz!»

«Und sie haben grüne Gewänder?»

«Grasgrüne.»

«Und blasen in kleine Hörner?»

«Ganz allerliebste kleine Hörner!»

«Ich glaube, ich kann sie sehen!» rief ich.

«Wir auch! Wir sehen sie auch!» sagten die winzigen Buben, lachend vor Glück.

«Und ihr hört doch auch ihre Hörner?» fragte mein kleines Patenkind etwas aufgeregt, so als habe es Angst, wir könnten es nicht vernehmen.

«Wir hören doch ihre Hörner?» fragte ich die winzigen Buben.

«Wir glauben, wir hören ihre Hörner!» riefen sie. «Meinst du nicht?»

«Es muß wohl so sein», antwortete ich. «Sind wir nicht sehr, sehr glücklich?»

Wir alle lachten, nicht allzu laut. Dann küßten wir einander, und ihren Zauberstab hoch in der Luft, führte Elsbeth uns hinaus.

So fanden meine Schritte den verlorenen Pfad nach Arkadien.

Am nächsten Tag wurde ich an die Pazifikküste gerufen,

wo mich gewisse Pflichten bis in den Dezember festhielten. Ein paar Tage vor dem geplanten Datum meiner Rückkehr kam ein Brief von Elsbeths Mutter.

«Unser kleines Mädchen ist ins Unbekannte verschwunden», schrieb sie – «jenes Unbekannte, in das es anscheinend immer einen Blick tun wollte. Wir wußten, daß es fortgehen würde, und wir haben es ihm gesagt. Es war sehr tapfer, bat uns aber von ganzem Herzen, daß wir irgendwie versuchen sollten, es bis nach Weihnachten hierzubehalten. ‹Meine Geschenke sind noch nicht fertig›, jammerte es. ‹Und ich war doch auch so gespannt, was ich bekommen würde. Ohne mich habt ihr doch wohl kaum ein sehr fröhliches Weihnachten? Könnt ihr nicht irgendwie machen, daß ihr mich bis danach behaltet?› Wir konnten es nicht ‹machen›, weder mit Gott im Himmel noch mit der Wissenschaft auf Erden, und unser kleines Mädchen ist nicht mehr.»

Sie war nur mein Patentöchterchen, und ich bin eine alte Jungfer. Es ist nicht meine Sache, mich über Kinder zu grämen. Doch es schien, als sei meine Verbindung zu Licht und Schönheit abgerissen. Durch diese kristallklare Seele hatte ich stets nur das Hübscheste, das Bezauberndste gesehen. Aber vorbei ist vorbei! Ich kehrte nach Hause zurück, trat einen Lehrgang in ägyptischer Geschichte an und beschloß, mich mit nichts zu befassen, was jünger als die Ptolemäer war.

Ihre Mutter hat mir erzählt, wie sie und Elsbeths Vater an Heiligabend nach gewohnter Sitte die Strümpfe der Kleinen füllten und sie an dieselbe Stelle wie immer hängten, den Kamin. Ihr Herz war kaum bei der Sache, aber sie hatten dieses Jahr an nichts gespart und überhäuften die beiden winzigen Jungen mit allen Schätzen, von denen sie glaubten, sie würden ihnen gefallen. Sie fragten sich, wie sie früher so dumm, so gedankenlos hatten sein können, an Weihnachten zu knapsen, und warum sie Elsbeth letztes Jahr nicht die Klaviaturzither gekauft hatten, die sie sich gewünscht hatte.

«Und jetzt –», begann ihr Vater, als ihm die Zither wieder einfiel; aber natürlich brachte er seinen Satz nicht zu Ende, und die zwei fuhren mit Feuereifer in ihrer Arbeit fort. Es gab zwei Strümpfe und zwei Spielzeugstapel. Zwei Strümpfe nur und nur zwei Spielzeugstapel! Zwei ist sehr wenig!

Sie verließen das Zimmer, machten das Licht aus, und einige Zeit später waren sie eingeschlafen – lange Zeit später. Vielleicht war dies der Zeitpunkt, da die winzigen Jungen erwachten, sich ihre kleinen Bademäntel und Pantoffeln anzogen und nach dem Zimmer stürzten, in das immer die Weihnachtssachen kamen. Der ältere hielt eine Kerze, die ein schwaches Licht aussandte. Der andere folgte hinter ihm durch das stille Haus. Sie waren sehr neugierig und gespannt, doch als sie an die Wohnzimmertür gelangten, machten sie halt, weil sie sahen, daß schon ein anderes Kind ihnen zuvorgekommen war.

Es war ein zierliches kleines Geschöpf, das in seinem weißen Nachthemd dasaß. Zwei lustige, zerzauste Zöpfchen fielen ihm auf den Rücken, und es schien zu weinen. Noch während die beiden Jungen zusahen, stand es auf, streckte einen zarten Finger aus, wie es Kinder tun, wenn sie zählen, und vergewisserte sich traurig – dreimal insgesamt –, daß nur zwei Strümpfe und zwei Spielzeughaufen da waren! Nur diese und nicht mehr. Das kleine Wesen wirkte so vertraut, daß die beiden Jungen schon darauf zugingen, aber gerade in diesem Moment hob es sich einen Arm vor die Augen, wie Elsbeth es getan hatte, wenn sie weinte oder eingeschnappt war, huschte fort und ging aus. Das zumindest sagten die Jungen. Das kleine Ding ging aus, wie eine Kerze ausgeht.

Sie rannten los und weckten ihre Eltern, um ihnen die Geschichte zu erzählen, und mit tiefem Staunen, Zweifel, Hoffnung und Tumult wurde das ganze Haus durchsucht! Aber nichts war zu finden. Nächtelang hielten sie Wache. Doch nichts war da außer dem stillen Haus. Den leeren Zimmern. Sie sagten den Jungen, sie müßten sich getäuscht haben. Aber die Jungen schüttelten den Kopf.

«Wir kennen unsere Elsbeth», sagten sie.

«Es ist unsere Elsbeth gewesen, und sie hat geweint, weil es keinen Strumpf und keine Spielsachen für sie gab, und wir hätten ihr ja all unsre eigenen geschenkt, nur ist sie ausgegangen – einfach aus!»

O weh!

Am nächsten Weihnachten half ich bei der kleinen Feier. Es ging mich zwar nichts an, aber ich bat darum, zu helfen, und sie ließen mich; und als wir das Ganze fertig hatten, gab es drei Strümpfe, drei Spielzeughaufen, und der größte davon enthielt alles, was mir nur eingefallen war, alles, was mein liebes Kind glücklich machen würde.

In dieser Nacht schloß ich das Jungenzimmer ab und schlief auf dem Diwan im Salon, abseits der Wohnstube. Ich schlief nur wenig, und die Nacht war sehr ruhig – so windstill, weiß und lautlos, daß ich das leiseste Geräusch gehört hätte. Aber ich hörte keins. Hätte ich in meinem Grab gelegen, dann wäre mir kaum weniger ans Ohr gedrungen. Als es jedoch Tag wurde und ich losging, um die Schlafzimmertür der Jungen aufzuschließen, sah ich, daß sowohl der Strumpf als auch alle die Schätze, die ich für mein Patentöchterchen gekauft hatte, fort waren.

Keine Spur davon war mehr da! Natürlich sagten wir den Jungen nichts. Was mich selbst betrifft, so ging ich nach dem Abendessen heim, um mich erneut in mein Geschichtsstudium zu vertiefen, und ich war so vertieft, daß ich nicht merkte, wie es Mitternacht wurde. Wahrscheinlich hätte ich gar nicht aufgeblickt und die Uhrzeit gesehen, wäre nicht dieser leise, liebliche Klang gewesen, wie von einem Kind, das ein Saiteninstrument spielt. Er war so fern und zart, daß ich ihn kaum hörte, doch gleichzeitig so freudevoll und sanft, daß ich einfach hinhören mußte, und als ich ihn ein zweites Mal vernahm, da schien es mir, als dringe das Echo eines Kinderlachens an mein Ohr. Im ersten Augenblick war ich verwundert. Dann fiel mir die kleine Klaviaturzither wieder ein, die ich neben anderen Dingen in den verschwundenen Spielzeugstapel gelegt hatte.

Und ich sagte laut:

«Ade, du liebes kleines Gespenst! Gehe hin und ruhe. Ruhe in Freude, du liebes kleines Gespenst. Ade, ade!»

Das ist nun schon Jahre her, und seitdem herrscht Stille. Elsbeth war immer ein folgsames kleines Ding.

Dezember

Morgen, Kinder, wird's was geben,
morgen werden wir uns freun!
Welch ein Jubel, welch ein Leben
wird in unserm Hause sein!
Einmal werden wir noch wach,
heißa, dann ist Weihnachtstag!

Wie wird dann die Stube glänzen
von der großen Lichterzahl,
schöner als bei frohen Tänzen
ein geputzter Kronensaal!
Wißt ihr noch wie vor'ges Jahr
es am Weihnachtsabend war?

Wißt ihr noch mein Reiterpferdchen,
Malchens nette Schäferin?
Jettchens Küche mit dem Herdchen
und dem blankgeputzten Zinn?
Heinrichs bunten Harlekin
mit der gelben Violin?

Leonid Andrejew

Der kleine Engel

Manchmal wollte Saschka einfach nicht mehr tun, was man als leben bezeichnet: sich nicht mehr morgens mit kaltem Wasser waschen, in dem dünne Eisstückchen schwimmen, nicht mehr ins Gymnasium gehen und zuhören müssen, wie ihn alle ausschimpfen, nicht mehr länger die Schmerzen im Kreuz und im ganzen Körper spüren, wenn ihn die Mutter den ganzen Abend knien läßt. Aber weil er erst dreizehn Jahre alt war und nicht wußte, wie man aufhören könnte zu leben, wenn man es möchte, besuchte er weiter das Gymnasium und kniete auch weiterhin, und ihm war, als werde das Leben niemals ein Ende nehmen. Ein Jahr wird vergehen und noch eins und noch eins, und er wird ewig ins Gymnasium gehen und zu Hause knien. Und da Saschka eine widerspenstige und mutige Seele besaß, konnte er dem Bösen nicht ruhig zusehen und rächte sich am Leben: er verprügelte die Klassenkameraden, sagte den Vorgesetzten Grobheiten, zerfetzte die Lehrbücher und belog den ganzen Tag über die Lehrer oder die Mutter, nur den Vater belog er nicht. Als man ihm bei einer Schlägerei die Nase verletzte, zerkratzte er sie absichtlich noch mehr und brüllte, ohne eine Träne zu vergießen, so laut, daß sich alle unangenehm berührt fühlten, die Stirn runzelten und sich die Ohren zuhielten. Wenn er genug gebrüllt hatte, verstummte er schlagartig, streckte die Zunge heraus und zeichnete in seinem Schulheft eine Karikatur

auf sich selbst, wie er brüllt, auf den Klassenaufseher, wie er sich die Ohren zuhält, und auf den angstschlotternden Sieger. Das ganze Heft war voll von Karikaturen, und am häufigsten wiederholte sich folgendes Bild: eine dicke, untersetzte Frau verdrischt mit einer Nudelrolle einen streichholzdünnen Jungen. Darunter stand in großen, unregelmäßigen schwarzen Buchstaben geschrieben: «Entschuldige dich, du Hundesohn» und die Antwort: «Nie und nimmer, und wenn du platzt.» Vor Weihnachten jagte man Saschka aus dem Gymnasium, und als ihn die Mutter verprügeln wollte, biß er sie in den Finger. Nun war er frei, und er hörte auf, sich früh zu waschen, stromerte den ganzen Tag mit anderen Kindern herum und verdrosch sie; das einzige, was er fürchtete, war der Hunger, weil ihm die Mutter überhaupt nichts mehr zu essen gab, nur der Vater stibitzte für ihn heimlich einen Kanten Brot und Kartoffeln. Unter diesen Umständen schien Saschka ein Weiterleben durchaus möglich.

Am Freitag vor dem Heiligen Abend hatte Saschka mit

den Kindern gespielt, bis sie nach Hause gingen und sich die rostige, frostklamme Gartentür knarrend hinter dem letzten geschlossen hatte. Es dunkelte bereits, und von den Feldern, wo die Sackgasse endete, wälzte sich grauer Schneenebel heran; in einem niedrigen schwarzen Gebäude, das quer zur Straße stand, hatte man am Tor ein rötliches, ruhig brennendes Licht angezündet. Der Frost wurde stärker, und als Saschka in den Lichtkreis der Laterne trat, bemerkte er trockene Schneeflocken, die langsam in der Luft schwebten. Er mußte nach Hause.

«Wo treibst du dich die halbe Nacht herum, du Hundesohn», schrie ihn die Mutter an, drohte mit der Faust, doch sie schlug nicht zu. Ihre Ärmel waren hochgekrempelt und entblößten weiße, dicke Arme, und auf ihrem flachen Gesicht ohne Augenbrauen standen Schweißtropfen. Als Saschka an ihr vorbeiging, spürte er den üblichen Schnapsgeruch. Die Mutter kratzte sich mit dem kurzen, schmutzigen Nagel des Zeigefingers den Kopf, und weil sie nicht dazukam zu schimpfen, spuckte sie nur aus und schrie: «Heda, Statistiker, hab dir was zu sagen!»

Saschka schniefte nur verächtlich und verschwand hinter dem Verschlag, wo das schwere Atmen des Vaters Iwan Sawwitsch zu hören war. Er fror ununterbrochen und suchte sich zu erwärmen, indem er auf der glühenden Ofenbank saß, die Hände, mit den Handflächen nach unten, unter den Körper geschoben.

«Saschka! Die Swetschnikows haben dich zum Heiligen Abend eingeladen. Das Dienstmädchen war da», flüsterte er.

«Schwindelst du auch nicht?» fragte Saschka ungläubig.

«Bei Gott. Diese Hexe da nebenan sagt absichtlich nichts, aber sie hat schon deine Jacke zurechtgelegt.»

«Und du schwindelst wirklich nicht?» Saschka konnte sich nicht genug wundern.

Die steinreichen Swetschnikows, die ihn auf das Gymnasium geschickt hatten, wollten ihn doch nach seinem Schulausschluß überhaupt nicht mehr sehen. Der Vater schwor noch einmal hoch und heilig, und Saschka begann zu überlegen.

«Rück ein Stück, hast dich ganz schön breit gemacht!» sagte er zum Vater, sprang auf die kurze Ofenbank und fügte hinzu: «Zu diesen Teufeln geh ich nicht. Sie werden sich noch mehr aufblasen, wenn ich zu ihnen komme. Verdorbener Lausebengel», sagte er gedehnt durch die Nase. «Dabei sind sie selber ganz schöne Fieslinge, mit ihren feisten Fressen.»

«Ach Saschka, Saschka!» Der Vater kauerte sich vor Kälte zusammen. «Du bringst dich noch um Kopf und Kragen.»

«Und du? Hast du dich auch um Kopf und Kragen gebracht?» erwiderte Saschka grob. «Solltest lieber den Mund halten: hast Angst vor einem Weib. Maulheld!»

Der Vater saß stumm da und fröstelte. Schwaches Licht drang oben durch den breiten Spalt, wo der Verschlag nicht bis zur Decke reichte, und legte sich als heller Fleck auf seine hohe Stirn, unter der sich tiefe schwarze Augenhöhlen abzeichneten. Iwan Sawwitsch hatte einst tüchtig getrunken, und damals fürchtete und haßte ihn seine Frau. Doch als er dann Blut zu spucken begann und aufhören mußte mit Trinken, fing sie damit an und gewöhnte sich nach und nach an den Schnaps. Und sie rächte sich für alles, was ihr der hochgewachsene, schmalbrüstige Mann angetan hatte, der unbegreifliches Zeug daherredete, wegen Aufsässigkeit und Trunksucht aus dem Dienst gejagt wurde und ebenso langhaarige hochmütige Randalierer angeschleppt brachte, wie er selber einer war. Im Gegensatz zu ihrem Mann wurde sie gesünder und kräftiger, je mehr sie trank, und ihre Fäuste wurden immer schwerer. Jetzt sagte sie, was sie wollte, holte sich Männer und Frauen, wie sie wollte, und sang lauthals mit ihnen fröhliche Lieder. Er aber lag stumm hinter dem Verschlag, ständig fröstelnd, und dachte über die Ungerechtigkeit und die Schrecken des menschlichen Daseins nach. Und mit wem Iwan Sawwitschs Frau auch sprach, stets beklagte sie sich darüber, daß sie auf der ganzen Welt keine ärgeren Feinde habe als ihren Mann und ihren Sohn: beide seien hochmütig und «Statistiker».

Nach einer Stunde sagte die Mutter zu Saschka: «Und ich sage dir, du gehst!» Bei jedem Wort schlug Feoktista Petrowna auf den Tisch, so daß die abgewaschenen Gläser hochsprangen und klirrend aneinanderstießen.

«Und ich sage dir, ich gehe nicht!» antwortete Saschka kaltblütig, und seine Mundwinkel zuckten, als wollte er die Zähne fletschen. Im Gymnasium hatte man ihn wegen dieser Angewohnheit als Wolf bezeichnet.

«Ich schlage dich windelweich!» schrie die Mutter.

«Tu's doch!»

Feoktista Petrowna wußte, daß sie den Sohn, der sie schon einmal gebissen hatte, nicht mehr verprügeln konnte, und wenn sie ihn auf die Straße jagte, würde er sich herumtreiben und eher erfrieren, als zu den Swetschnikows zu gehen; also berief sie sich auf die Autorität ihres Mannes.

«Das nennt sich Vater und kann die Mutter nicht einmal vor Beleidigungen bewahren.»

«Wirklich, Sanka, du solltest hingehen, was sträubst du dich denn?» kam es von der Ofenbank. «Vielleicht bringen sie dich wieder unter. Es sind doch wirklich gute Leute.»

Saschka stieß ein verächtliches Lachen aus. Der Vater war vor langem, noch vor Saschkas Geburt, Hauslehrer bei den Swetschnikows gewesen, und seit der Zeit war er der Meinung, es seien die besten Menschen der Welt. Damals arbeitete er noch als Statistiker in der Semstwoverwaltung und rührte keinen Tropfen an. Der Bruch erfolgte, als er die von ihm schwangere Tochter seiner Wohnungsvermieterin heiratete, zu trinken begann und so herunterkam, daß man ihn betrunken in der Gosse auflas und aufs Polizeirevier brachte. Doch die Swetschnikows unterstützten ihn weiterhin finanziell, und Feoktista Petrowna, obwohl sie sie haßte, ebenso wie die Bücher und alles, was mit der Vergangenheit ihres Mannes zusammenhing, war stolz auf die Bekanntschaft und prahlte damit.

«Vielleicht bringst du auch mir etwas vom Christbaum mit», fuhr der Vater fort.

Es war eine List, und Saschka durchschaute sie und verachtete den Vater wegen seiner Schwäche und der Lüge, aber er wollte dem kranken und bedauernswerten Mann tatsächlich gern etwas mitbringen; schon lange hatte er keinen guten Tabak mehr.

«Na, meinetwegen!» brummte er. «Gib mir schon die Jacke. Hast du die Knöpfe angenäht? Ich kenn dich ja schließlich!»

2

Die Kinder wurden noch nicht in den Saal gelassen, wo die Weihnachtstanne stand, und so saßen sie im Kinderzimmer und schnatterten. Saschka hörte mit verächtlicher Herablassung ihrem naiven Geschwätz zu und tastete in der Hosentasche nach den Zigaretten, die er aus dem Arbeitszimmer des Hausherrn hatte stibitzen können, die aber inzwischen zerbrochen waren. Da kam Kolja, der jüngste der Swetschnikows, auf ihn zu und blieb reglos und mit erstauntem Gesicht vor ihm stehen, die Fußspitzen nach innen gekehrt und den Finger im Mundwinkel. Vor sechs Monaten hatte er sich nach beständigen Ermahnungen von der Unsitte getrennt, den Finger in den Mund zu stecken, aber völlig auf diese Geste verzichten konnte er noch nicht. Er hatte weißblondes Haar, das an der Stirn kurz geschnitten war, aber sonst lockig bis auf die Schultern fiel; dem ganzen Aussehen nach gehörte er zu der Kategorie von Kindern, auf die es Saschka besonders abgesehen hatte.

«Bist du der undankbare Junge?» fragte er Saschka. «Meine Miss hat es mir gesagt. Ich dagegen bin ein artiges Kind.»

«Um so besser!» sagte Saschka und betrachtete Koljas Samthöschen und den großen Umlegekragen.

«Möchtest du das Gewehr? Da!» Und er streckte ihm ein Gewehr entgegen, an dem ein Korken festgebunden war.

Saschka spannte die Feder, zielte auf die Nase des ahnungslosen Kolja und drückte ab. Der Korken prallte gegen Koljas Nase, sprang ab und baumelte am Faden. Koljas himmelblaue Augen wurden noch größer und füllten sich mit Tränen. Der Finger wanderte vom Mund zu der rot angelaufenen Nase, Kolja blinzelte heftig mit den Wimpern und flüsterte: «Du bist böse, ein böser Junge.»

In das Kinderzimmer kam eine junge, schöne Frau mit glatt zurückgekämmtem Haar, das die Ohren fast verdeckte. Es war die Schwester der Hausfrau, die Saschkas Vater einst unterrichtet hatte.

«Dieser hier ist es», sagte sie und zeigte Saschka einem glatzköpfigen Herrn, der sie begleitete. «Mach einen Diener, Sascha, man darf nicht so unhöflich sein.»

Doch Saschka machte weder vor ihr noch vor dem glatzköpfigen Herrn einen Diener. Die schöne Dame ahnte nicht, daß er so manches wußte. Er wußte, daß sein bedauernswerter Vater sie geliebt, sie aber einen anderen geheiratet hatte, und obwohl das geschah, nachdem Vater selbst schon verheiratet war, konnte Saschka ihr die Untreue nicht verzeihen.

«Ach, dieser unvernünftige Junge», seufzte Sofja Michailowna, «Platon Michailowitsch, können Sie ihn nicht irgendwo unterbringen? Mein Mann meint, eine Berufsschule wäre für ihn besser geeignet als das Gymnasium. Sascha, möchtest du auf eine Berufsschule gehen?»

«Nein», antwortete Saschka kurz angebunden, als er das Wort «mein Mann» hörte.

«Was dann, Freundchen, möchtest du etwa Schafe hüten?» fragte der Herr.

«Ganz bestimmt nicht.» Saschka war beleidigt.

«Also, was möchtest du dann?»

Saschka wußte nicht, was er wollte.

«Ist mir egal» – und nach kurzem Nachdenken: «meinetwegen auch Schafe hüten.»

Der glatzköpfige Herr musterte den sonderbaren Knaben befremdet. Als seine Augen von den geflickten Schuhen zu

Saschkas Gesicht wanderten, steckte ihm dieser, für eine Sekunde, die Zunge heraus, so daß Sofja Dmitrijewna gar nichts bemerkte und die Erregung des älteren Herrn für sie völlig unverständlich war.

«Ich gehe natürlich auch gern auf die Berufsschule», lenkte Saschka bescheiden ein.

Die schöne Dame war hoch erfreut und dachte seufzend darüber nach, welche Macht doch eine alte Liebe über die Menschen besitzt.

«Es wird sich wohl kaum eine freie Stelle finden», bemerkte der bejahrte Herr reserviert, ohne Saschka anzublicken, und fuhr sich über die Härchen im Nacken. «Aber wir wollen mal sehen.»

Die Kinder waren aufgeregt und lärmten, sie warteten voll Ungeduld auf den Weihnachtsbaum. Das Beispiel mit dem Gewehr, das Saschka Respekt vor seinem Mut und den Ruf eines ausgekochten Lausebengels eingebracht hatte, fand Nachahmer, und etliche Stupsnäschen waren schon gerötet. Die Mädchen preßten beide Hände an die Brust und bogen sich vor Lachen, wenn ihre Verehrer, voll Verachtung gegenüber Angst und Schmerz, aber mit böse gerunzelter Stirn, einen Schuß mit dem Korken abbekamen. Doch da plötzlich öffnete sich die Tür, und eine Stimme sagte: «Kommt herein, Kinder! Aber leise, leise!»

Mit aufgerissenen Augen und angehaltenem Atem betraten die Kinder artig, paarweise, den hell erleuchteten Saal und gingen still um den funkelnden Tannenbaum herum. Er warf sein schattenloses, strahlendes Licht auf ihre Gesichter mit den kugelrunden Augen und Mündern. Eine Minute lang herrschte die Stille einer tiefen Verzauberung, auf die ein ganzer Chor von Bewunderungsrufen folgte. Eines der

Mädchen konnte sich vor Begeisterung nicht fassen und hüpfte unentwegt und stumm auf ein und demselben Fleck; das kleine Zöpfchen mit einer eingeflochtenen blauen Schleife wippte auf ihren Schultern. Saschka war finster und traurig – in seinem kleinen verletzten Herzen ging etwas Unschönes vor sich. Die Weihnachtstanne blendete ihn mit ihrer Schönheit und dem aufdringlichen Glanz der unzähligen Kerzen, aber sie war ihm fremd und feindlich, ebenso wie die sich rings um ihn drängenden sauberen, herausgeputzten Kinder, und er wollte dem Baum einen Stoß versetzen, damit er auf all die hellen Köpfchen fiele. Ihm war, als faßten eiserne Hände nach seinem Herzen und preßten aus ihm den letzten Blutstropfen heraus. Saschka versteckte sich hinter dem Klavier in einem entfernten Winkel, zerkrümelte gedankenlos die letzten Zigaretten in der Hosentasche und dachte darüber nach, daß er zwar Vater, Mutter und ein Zuhause hatte, ihm aber dennoch so war, als könne er nirgendwohin gehen. Er versuchte an das Federmesser zu denken, das er sich vor kurzem eingetauscht hatte und an dem er sehr hing, aber das Messerchen war inzwischen dünn und stumpf und hatte nur noch einen halben, gelb gewordenen beinernen Griff. Morgen würde er es zerbrechen, und dann hatte er überhaupt nichts mehr.

Plötzlich aber leuchteten Saschkas schmale Augen erstaunt auf, und sein Gesicht nahm augenblicklich den gewohnten Ausdruck von Draufgängertum und Forschheit an. Auf der ihm zugewandten Seite der Weihnachtstanne, die schwächer beleuchtet war und die Kehrseite darstellte, erblickte er, was er im Bild seines Lebens bisher vermißt hatte und ohne das es ringsum so leer war, als seien die ihn umgebenden Menschen gar nicht lebendig. Es war ein kleiner

Wachsengel, der nachlässig im dichten Gestrüpp der dunklen Zweige aufgehängt war und durch die Luft zu schweben schien. Seine durchsichtigen libellenartigen Flügelchen bebten von dem Licht, das auf sie fiel, und er wirkte so lebendig, als wolle er gleich wegfliegen. Die rosigen kleinen Hände mit den kunstvoll gekneteten Fingerchen waren himmelwärts gestreckt, und ihnen nach reckte sich das Köpfchen, mit blonden Haaren wie auf Koljas Kopf. Aber er hatte etwas, das Koljas Gesicht und all den anderen Gesichtern und Dingen fehlte. Das Gesicht des kleinen Engels strahlte weder vor Freude, noch war es von Traurigkeit umflort; es trug vielmehr den Stempel eines anderen Gefühls, das sich weder in Worte noch in Gedanken fassen läßt, sondern nur einem verwandten Empfinden verständlich ist. Saschka war sich nicht bewußt, welche geheime Kraft ihn zu dem kleinen Engel zog, aber er spürte, daß er ihn schon immer gekannt und geliebt hatte, ja daß er ihn mehr liebte als das Federmesser, mehr als den Vater und mehr als alles übrige. Voller Erstaunen, Unruhe und unbegreiflichem Glück faltete er die Hände auf der Brust und flüsterte: «Du lieber, lieber kleiner Engel!»

Und je aufmerksamer er ihn betrachtete, desto bedeutsamer, ausdrucksvoller wurde der kleine Engel. Er war unendlich fern und ähnelte nichts von dem, was ihn umgab. Die andern Spielsachen schienen stolz darauf zu sein, daß sie, aufgeputzt und schöngemacht, an dieser strahlenden Weihnachtstanne hingen, der kleine Engel aber war bekümmert und fürchtete das aufdringliche Licht, und er versteckte sich absichtlich in dem dunklen Grün, damit ihn keiner sähe. Es wäre unsinnig und grausam gewesen, seine zarten Flügelchen zu berühren.

«Du lieber, lieber Engel», flüsterte Saschka.

Sein Kopf brannte. Er legte die Hände auf den Rücken, und fest entschlossen, für den Engel auf Leben und Tod zu kämpfen, bewegte er sich vorsichtig wie ein Dieb; er vermied es, den Engel anzuschauen, um nicht die Aufmerksamkeit der anderen auf ihn zu lenken, aber er fühlte, daß er noch nicht weggeflogen, daß er noch da war. In der Tür erschien die Hausherrin – eine stattliche große Dame mit einer hellen Aureole grauer hochgesteckter Haare. Die Kinder umringten sie voller Entzücken, nur das kleine Mädchen, das vor Begeisterung auf einem Fleck gehopst war, hing ermüdet an ihrem Arm und blinzelte mit den verschlafenen Äuglein. Auch Saschka trat auf sie zu. Die Kehle war ihm wie zugeschnürt.

«Tante, he du, Tante», sagte er, bemüht, freundlich zu sprechen, aber es klang noch gröber als sonst. «Tantchen!»

Sie hörte ihn nicht, und Saschka zupfte sie ungeduldig am Kleid.

«Was willst du? Warum zupfst du mich am Kleid?» fragte die grauhaarige Dame verwundert. «Das gehört sich nicht.»

«Tantchen, ich möchte nur ein einziges Stück vom Tannenbaum – den kleinen Engel.»

«Das geht nicht», antwortete sie gleichgültig. «Die Sachen werden erst zu Neujahr vom Weihnachtsbaum abgenommen. Und du bist kein kleines Kind mehr und kannst mich ruhig Maria Dmitrijewna nennen.»

Saschka war es, als fiele er in einen Abgrund, und er griff nach dem letzten Strohhalm.

«Ich sehe meine Schuld ein. Ich will wieder zur Schule gehen», sagte er abrupt.

Aber dieser Satz, der die Lehrer stets versöhnte, zeigte bei der grauhaarigen Dame keinerlei Wirkung.

«Das ist recht von dir, mein Lieber», sagte sie ebenso gleichgültig.

Da sagte Saschka grob: «Gib mir den Engel.»

«Das geht doch nicht!» antwortete sie. «Begreifst du das nicht?»

Aber Saschka begriff nichts, und als sich die Dame dem Ausgang zuwandte, folgte ihr Saschka und schaute verständnislos auf ihr schwarzes raschelndes Kleid. In seinem fieberhaft arbeitenden Hirn blitzte die Erinnerung auf, wie ein Mitschüler den Lehrer einmal gebeten hatte, ihm noch eine Drei zu geben, und als der ablehnte, vor ihm auf die Knie gefallen war, die Hände gefaltet und losgeheult hatte. Der Lehrer war böse geworden, aber er gab ihm die Drei. Damals hatte Saschka die Episode in einer Karikatur verewigt, jetzt blieb ihm keine andere Wahl. Er zupfte die Tante am Kleid, und als sie sich umdrehte, fiel er mit lautem Aufprall auf die Knie und faltete die Hände. Weinen aber konnte er nicht.

«Du bist wohl übergeschnappt!» rief die grauhaarige Dame

und sah sich um; zum Glück war niemand in der Nähe. «Was hast du denn?»

Immer noch kniend und die Hände gefaltet, schaute Saschka sie haßerfüllt an und verlangte grob: «Gib mir den Engel!»

Saschkas Augen, die die grauhaarige Dame durchbohrten und ihr die Worte vom Mund reißen wollten, waren so böse, daß die Hausherrin eiligst versicherte: «Ja, ja, du bekommst ihn ja. Was bist du doch für ein dummer Junge. Natürlich bekommst du, worum du mich bittest, aber warum willst du denn nicht bis Neujahr warten? Na, steh schon auf! Und knie nie wieder vor einem Menschen nieder», sagte sie belehrend, «das ist entwürdigend. Knien darf man nur vor Gott.»

Rede du nur, dachte Saschka, versuchte die Tante zu überholen und trat ihr dabei aufs Kleid.

Als sie das Spielzeug abnahm, starrte Saschka es unverwandt an, zog die Nase schmerzhaft kraus und spreizte die Finger. Ihm schien, die große Dame würde den kleinen Engel zerbrechen.

«Ein schöner Engel», sagte sie, und ihr tat das hübsche und offensichtlich teure Spielzeug leid. «Wer mag es hierher gehängt haben? Sag mal, wozu brauchst du es? Du bist doch schon ein so großer Junge, was willst du damit? Dort liegen Bücher, mit Bildern darin. Den Engel habe ich Kolja versprochen, er hat mich so darum gebeten», log sie.

Saschka litt unerträgliche Qualen. Krampfhaft biß er die Zähne zusammen, es war, als knirschte er sogar damit. Die grauhaarige Dame fürchtete nichts so sehr wie eine Szene, und deshalb streckte sie Saschka ganz langsam den Engel hin.

«Hier, nimm, na, nimm schon!» sagte sie unwirsch. «Was für ein Dickkopf!»

Saschkas Hände, mit denen er nach dem Engel griff, waren fest und gespannt wie zwei Stahlfedern, zugleich aber weich und behutsam, daß der Engel annehmen konnte, er fliege durch die Luft.

«Aach!» entrang sich ein langer, ersterbender Seufzer Saschkas Brust, und in seinen Augen glitzerten zwei helle Tränen, unbeweglich und das Licht nicht gewohnt. Langsam führte er den Engel an seine Brust, ohne dabei seine leuchtenden Augen von der Hausherrin zu wenden, und er lächelte still und sanft, erstarrt in einem Gefühl überirdischer Freude. Wenn die hauchzarten Flügel des kleinen Engels seine eingefallene Brust berührten, dann, so schien es ihm, würde etwas Freudiges und Lichtes geschehen, wie es das auf der traurigen, sündigen und leidenden Erde noch nie gegeben hat.

«Aach», erklang noch einmal der ersterbende Seufzer, als die Flügelchen des Engels Saschkas Brust berührten. Vor dem Strahlen seines Gesichts erlosch selbst der unsinnig herausgeputzte, aufdringlich leuchtende Tannenbaum – die grauhaarige, stattliche Dame lächelte erfreut, das vertrocknete Gesicht des kahlköpfigen Herrn zuckte, und das lebhafte Geschwätz der Kinder verstummte, weil ein Hauch menschlichen Glücks sie berührte. Und in diesem kurzen Augenblick bemerkten alle eine rätselhafte Ähnlichkeit zwischen dem tolpatschigen Gymnasiasten in dem viel zu kleinen Anzug und dem Gesicht des kleinen Engels, das die Hand eines unbekannten Künstlers beseelt hatte.

Doch schon im nächsten Augenblick änderte sich das Bild abrupt. Saschka krümmte sich zusammen, wie ein Panther, der zum Sprung ansetzt, und ließ seinen finsteren Blick über die Anwesenden gleiten, um den herauszufinden, der es wagen würde, ihm den Engel wegzunehmen.

«Ich geh nach Hause», sagte er dumpf und bahnte sich einen Weg durch die Menge. «Zu meinem Vater.»

3

Die Mutter schlief, erschöpft von der Tagesarbeit und von dem Schnaps, den sie getrunken hatte. In dem kleinen Raum hinter dem Verschlag brannte auf dem Tisch eine Küchenlampe, deren schwaches gelbliches Licht nur mühsam durch das verrußte Glas drang und merkwürdige Schatten auf Saschkas und des Vaters Gesicht warf.

«Ist er nicht schön?» fragte Saschka flüsternd.

Er hielt den kleinen Engel in einiger Entfernung und ließ den Vater ihn nicht anfassen.

«Ja, er hat etwas ganz Besonderes», flüsterte der Vater und betrachtete das Spielzeug nachdenklich.

Sein Gesicht drückte die gleiche konzentrierte Aufmerksamkeit und Freude aus wie das von Saschka.

«Schau nur», fuhr der Vater fort, «gleich wird er fliegen.»

«Hab ich schon gesehen», antwortete Saschka überheblich. «Meinst du, ich bin blind? Sieh nur auf die Flügel. Ksch, nicht anrühren!»

Der Vater zog die Hand zurück, und mit verschleiertem Blick studierte er den kleinen Engel in allen Einzelheiten, bis Saschka belehrend flüsterte: «Was für eine gräßliche Angewohnheit du hast, alles anzufassen. Du kannst ihn doch zerbrechen!»

An der Wand zeichneten sich die verzerrten und reglosen Schatten zweier gebeugter Köpfe ab: eines großen, zerzausten und eines kleinen, rundlichen. In dem großen Kopf vollzog sich etwas Merkwürdiges, Qualvolles, zugleich aber Freudiges. Die Augen betrachteten unverwandt den kleinen Engel, und unter diesem starren Blick wurde er größer und heller, und seine Flügel begannen lautlos zu zittern und zu beben, während alles ringsumher – die rußige Balkenwand, der schmutzige Tisch, Saschka – zu einer gleichmäßigen grauen Masse verschmolz, ohne Schatten und ohne Licht. Und dem gescheiterten Menschen schien es, als höre er eine mitleidige Stimme aus jener wunderschönen Welt, in der er einst gelebt und aus der man ihn vertrieben hatte. Dort wußte man nichts von Schmutz und trostlosem Gezeter, vom bedrückenden, grausam-blinden Kampf egoistischer Wesen; von den Qualen eines Menschen, den man lachend in der Gosse aufliest und der von den groben Händen der Wächter verprügelt wird. Dort ist es sauber, fröhlich und hell, und all das Reine war in der Seele jenes weiblichen Wesens verkörpert, das er mehr als das Leben liebte und das er verloren hatte, während ihm sein nutzloses Leben geblieben war. Zu dem Wachsgeruch, den das Spielzeug ausströmte, mischte sich ein unfaßbarer Duft, und dem gescheiterten Menschen war, als berührten den Engel ihre lieben Finger, die er nacheinander hätte küssen mögen, so lange, bis ihm der Tod für immer die Lippen schließen würde. Daher war dieses Spielzeug auch so wunderschön, daher hatte es etwas Besonderes, Anziehendes, das sich nicht in Worte fassen ließ. Der kleine Engel war vom Himmel herabgekommen, wo ihre Seele weilte, und brachte einen Lichtstrahl in die feuchte, rauchige Kammer und in die finstere Seele des Mannes, der alles verloren hatte: Liebe, Glück und das Leben.

Wie die Augen des Vaters, der am Ende seines Lebens stand, leuchteten die Augen des Knaben, der gerade zu leben begann, und liebkosten den kleinen Engel. Für beide verschwanden Gegenwart und Zukunft: der ewig traurige, bedauernswerte Vater und die grobe, unausstehliche Mutter, und das schwarze Meer von Kränkungen, Grausamkeiten, Erniedrigungen und Gehässigkeit. Unklar und verschwommen waren Saschkas Träume, aber um so stärker erregten sie seine aufgewühlte Seele. All das Gute, das über der Welt leuchtete, den Schmerz und die Hoffnung der sich nach Gott sehnenden Seele nahm der kleine Engel in sich auf, und daher erstrahlte er in einem so milden göttlichen Licht, daher zitterten seine durchsichtigen Libellenflügel in einem so lautlosen Beben.

Vater und Sohn sahen einander nicht; auf unterschiedliche Weise litten, weinten und freuten sich ihre kranken Seelen, aber etwas in ihrem Gefühl ließ ihre Herzen miteinander verschmelzen und den unüberbrückbar scheinenden Abgrund überwinden, der den einen Menschen vom anderen trennt und ihn so einsam, unglücklich und schwach macht. Unwillkürlich legte der Vater seinen Arm um den Hals des Sohnes, und der ließ ebenso unwillkürlich den Kopf an dessen schwindsüchtige Brust sinken.

«Hat *sie* ihn dir gegeben?» flüsterte der Vater, ohne die Augen von dem kleinen Engel zu wenden.

«Wer denn sonst? Natürlich sie.»

Der Vater schwieg, und auch Saschka verstummte. Im Nebenraum knarrte und krächzte etwas, verstummte für einen

Augenblick, und dann schlug die Uhr behend und eilig: eins, zwei, drei.

«Saschka, träumst du manchmal?» fragte der Vater nachdenklich.

«Nein», gestand der. «Oder doch, einmal habe ich geträumt, ich bin vom Dach gefallen. Wir sind den Tauben hinterhergeklettert, und ich bin runtergeflogen.»

«Ich träume unentwegt. Wunderschöne Träume. Man träumt alles, was gewesen ist, man liebt und leidet wie in wachem Zustand...»

Wieder verstummte er, und Saschka fühlte, wie der Arm, der um seinen Hals lag, zu zittern begann. Immer heftiger wurde das Zittern und Zucken, und in der hellhörigen Stille der Nacht erklang plötzlich das klägliche Aufschluchzen eines unterdrückten Weinens. Saschka zog heftig die Augenbrauen zusammen und wischte sich behutsam, damit der schwere, bebende Arm nichts spürte, eine Träne fort. Es war schon ein merkwürdiger Anblick, dieser große alte Mann, der weinte.

«Ach Saschka, Saschka!» schluchzte der Vater. «Warum nur ist das alles so?»

«Nicht doch, was soll denn das?» flüsterte Saschka streng. «Heult wie ein kleines Kind.»

«Ich weine ja gar nicht, ich weine nicht...», entschuldigte sich der Vater mit einem kläglichen Lächeln.

«Warum nur, warum?»

Feoktista Petrowna drehte sich in ihrem Bett um. Sie seufzte und murmelte laut und mit einer merkwürdigen Beharrlichkeit: «Halt den Sack fest, halt ihn fest, so halt ihn doch fest...»

Sie mußten schlafen gehen, vorher aber für den kleinen

Engel einen Platz für die Nacht finden. Ihn auf die Erde legen war unmöglich; also wurde er an einem Faden an die Ofenröhre gehängt, wo er sich deutlich von den weißen Kacheln abhob. So konnten ihn beide sehen – Saschka und der Vater. Eilig warf der Vater die Lumpen, auf denen er zu schlafen pflegte, in die Ecke, zog sich geschwind aus und legte sich auf den Rücken, um möglichst schnell wieder den Engel anschauen zu können.

«Warum ziehst du dich denn nicht aus?» fragte er Saschka, wickelte sich frierend in eine zerschlissene Decke und zupfte den Mantel über den Beinen zurecht.

«Lohnt sich nicht. Ich stehe doch bald wieder auf.»

Saschka wollte hinzufügen, daß er überhaupt nicht schlafen wolle, aber noch ehe er es gesagt hatte, war er schon eingeschlafen, so schnell, als wäre er bis auf den Grund eines tiefen, reißenden Flusses gestürzt. Bald darauf schlief auch der Vater ein. Friede und Ruhe lagen auf dem erschöpften Gesicht des Mannes, der sein Leben zu Ende gelebt hatte, und auf dem frischen Gesicht des Jungen, der gerade am Beginn seines Lebens stand.

Der kleine Engel aber, der am heißen Ofen hing, fing an zu schmelzen. Die Lampe, die Saschka unbedingt hatte brennen lassen wollen, erfüllte den Raum mit Petroleumgestank, und durch das verrußte Fenster fiel trauriges Licht auf das Bild der langsamen Zerstörung. Der kleine Engel schien zu beben. Über seine rosigen Beine rollten dicke Wachstropfen und fielen auf die Ofenbank. In den Petroleumgeruch mischte sich der Geruch von geschmolzenem Wachs. Der Engel zuckte mit den Flügeln, als wollte er davonfliegen, dann stürzte er mit leichtem Aufklatschen auf die heiße Ofenplatte. Eine neugierige Küchenschabe krabbelte um die zerfließende

Wachsmasse, kletterte auf die hauchdünnen Libellenflügel, zuckte mit den Fühlern und kroch eiligst weiter.

Durch das verhangene Fenster fiel das bläuliche Licht des anbrechenden Tages, und draußen klapperte der verfrorene Wasserträger mit der eisernen Schöpfkelle.

Jörg Schubiger

Ein weißes Tier

In unserem Wald lebt ein weißes Tier. Sein Name fällt mir nicht ein. Mit Schnee fängt er an. Nein, nicht mit Schnee, aber doch mit etwas, das weiß ist. Gestern habe ich den Namen noch gewußt. Ich sagte zu Lukas: Schau mal, Lukas, ein... Eben, ein Etwas-wie-Schnee.

Also ein Tier ist es, ein weißes. Ganz weiß und ganz pelzig. Oder federig? Weiß ist es auf jeden Fall. Und so hoch, oder so. Ja, so. Und so lang.

Hinten hat es eine Art, wie soll ich sagen, und vorne überhaupt nicht. Nur hinten. Und dann hört man es auch schon von weitem. Es schreit sehr laut. Etwa so. Nein, so nicht. Man kann das nicht nachmachen. Es schreit also, und weiß ist es auch und scheu. Mit seinen weißen Augen aber schaut es einem mitten ins Gesicht. So, oder eher so. Und wen es anschaut mit diesem Blick, der – dem geschieht etwas. Und zwar für immer.

Brüder Grimm

Der goldene Schlüssel

Zur Winterszeit, als einmal ein tiefer Schnee lag, mußte ein armer Junge hinausgehen und Holz auf einem Schlitten holen. Wie er es nun zusammengesucht und aufgeladen hatte, wollte er, weil er so erfroren war, noch nicht nach Haus gehen, sondern erst Feuer anmachen und sich ein bißchen wärmen. Da scharrte er den Schnee weg, und wie er so den Erdboden aufräumte, fand er einen kleinen goldenen Schlüssel. Nun glaubte er, wo der Schlüssel wäre, müßte auch das Schloß dazu sein, grub in der Erde und fand ein eisernes Kästchen. «Wenn der Schlüssel nur paßt!» dachte er, «es sind gewiß kostbare Sachen in dem Kästchen.» Er suchte, aber es war kein Schlüsselloch da, endlich entdeckte er eins, aber so klein, daß man es kaum sehen konnte. Er probierte, und der Schlüssel paßte glücklich. Da drehte er einmal herum, und nun müssen wir warten, bis er vollends aufgeschlossen und den Deckel aufgemacht hat: dann werden wir erfahren, was für wunderbare Sachen in dem Kästchen lagen.

Miloš Macourek

Eine von den Weihnachtsinseln

Die Welt könnte ohne viele Dinge auskommen, ohne Seidenpapier, Springbrunnen, Strickwaren, es ist unsinnig, sie für so wichtig zu halten, es ist unsinnig, dem Seidenpapier einen solchen Wert beizumessen, aber ohne Ordnung geht es nicht, ohne Ordnung kann man sich die Welt nicht vorstellen, das beginnt schon bei den allerkleinsten Dingen, beim Handtuch, das nicht irgendwo hängen kann, das zur Hand sein muß, man darf keine Zeit durch überflüssiges Suchen verlieren, das trifft auch für die Zahnbürste zu, sie muß ihren Platz im Zahnputzglas haben, das Zahnputzglas auf der Konsole, die Konsole im Badezimmer, das Badezimmer im Haus, wo kämen wir denn hin, wenn die Zahnbürste irgendwo im Wind herumschwirrte, der Wind im Park, der Park auf der Kreuzung, die Kreuzung im Behandlungszimmer eines Zahnarztes, überlegt doch selbst, beim Zahnarzt würde eine Kreuzung stören, er kann nicht auf Grün warten, wenn er mit der Plombe zum Sessel eilen will, eine solche Arbeit wäre nichts wert, würde der Zahnarzt sagen, und er hätte recht, Ordnung muß sein, ohne Ordnung geht es nicht, es gibt aber viele, die das nicht begreifen wollen, zum Beispiel ein Junge mit Namen Ondřej, er hat Weihnachten so gern und eine kleine Insel im Stillen Ozean, er denkt an Weihnachten, auch wenn kein Weihnachten ist, lassen wir uns nichts vormachen, es gibt Leute, die von Ordnung nichts wissen wollen wie der kleine Junge, und er will die Insel zu Hause haben, die ihren Platz im Stillen Ozean hat, er will sie für sich haben, aber das ist nicht die Hauptsache, es geht doch nicht um das bißchen Sand und um eine miserable Palme, die Insel ist nämlich ganz unbedeutend, es geht hier um die Ordnung, ein Kind muß sich an Ordnung gewöhnen, aber um Ondřej kümmert sich niemand, und wir werden sehen, was dabei herauskommt.

Die andern Kinder sind fröhlich, nur Ondřej macht ein finsteres Gesicht, wo er geht und steht, es ist nicht mit ihm zu reden, woher Weihnachten nehmen, so ein Wunsch ist ziemlich anspruchsvoll, woher die stille Ozeaninsel nehmen, er kennt sie nur von der Landkarte aus der Schule, doch an einem Wintertag hat er eine Idee, und als er in der Klasse allein ist, schneidet er die Insel mit einem Stück Meer heraus, es ist kaum zu sehen, die Karte ist groß, die Insel ganz klein, mit nur einer Palme, aber Ondřej genügt das, er trägt sie nach Hause in das Gärtchen, das von Schnee zugedeckt ist, aber auf der Insel ist es angenehm warm, der Sand ist heiß, unter der Palme ist ein Weihnachtsbäumchen, denn es ist eine von den Weihnachtsinseln, eine Weihnachtsinsel, auf der immer Weihnachten ist, Ondřej liegt im Sand und ißt Zuckerkringel, er badet in dem Zipfelchen blauen Meer und sammelt Muscheln, aber natürlich kann es so nicht lange bleiben, in der Schule ist nicht Weihnachten, in der Schule wird gelernt, es ist Erdkundestunde, der Stille Ozean wird durchgenommen, der Lehrer quält sich mit den Schülern ab, wo die Weihnachtsinseln sind, fragt er, aber der Schüler kann die eine Insel nicht finden, sie sind nicht alle da, eine fehlt, setzen, sagt der Lehrer und sucht selbst, aber vergebens, sie war doch vor kurzem noch hier, sie kann doch nicht einfach verschwunden sein, das darf man nicht durchgehen lassen, der Übeltäter muß bestraft werden, mein Zorn wird ihn treffen und der des Herrn Direktors, und die Schüler wagen sich nicht zu mucksen, stellt euch vor, eine Insel fehlt, und was sehen wir, Ondřej fehlt auch, merkwürdig, nicht wahr, was sagt ihr dazu, ob die beiden vielleicht, meint der Lehrer, und weil er Lehrer ist, schickt er den Hausmeister hin, der Hausmeister setzt die Ohrenschützer auf, friert trotzdem, und im Garten unterm Schnee liegt Ondřej auf dem gelben Sand und ißt Zuckerkringel vom Weihnachtsbäumchen, es hängt noch voll davon, und Ondřej kann sich auf etwas freuen.

Du kannst dich ja auf etwas freuen, sagt der Hausmeister, klebt einen Zettel aufs Meer mit einer Zahl, notiert das Inselinventar, einen Berg erstklassigen Sand, eine Kokospalme, neunundzwanzig Muscheln verschiedener Größe und so weiter und so weiter, der Hausmeister bringt die ganze Sache in Ordnung, den Sand streut er auf die Rutschbahn vor der Schule, die Muscheln gibt er im Lehrerzimmer ab und die Palme im Zimmer des Herrn Direktors, alles dort, wo es hingehört, alles muß seine Ordnung haben, sagt der Direktor zu Ondřej, er spricht mit ihm unter vier Augen, so ist es richtig, er hätte das schon längst tun sollen, es brauchte nicht erst so weit zu kommen, das Meer kann nicht einmal hier und ein anderes Mal dort sein, wie würde es in der Geographie zugehen, sagt der Direktor, und Ondřej geht ein Licht auf, die Meere können nicht bald hier und bald dort sein, das leuchtet ihm ein, der arme Lehrer, wie soll er unterrichten, ohne Ordnung geht es nicht, das beginnt schon bei den allerkleinsten Dingen, es ist unsinnig, Seidenpapier oder Springbrunnen für so wichtig zu halten, aber mit der Ordnung ist das anders, auf Ordnung muß man achten.

Hugh Walpole

Der Zauberkünstler

Niemand kann wohl an seine Kindheit zurückdenken, ohne daß ihm die merkwürdige Vermischung von Erlebtem und Märchenhaftem auffallen muß, die diese frühen Erinnerungen wachrufen. Hier die Einzelheit, so scharf und klar, daß sich an ihrer Echtheit nicht zweifeln läßt – die Wand mit den Bildern aus den Weihnachtsheften; die grüne Untertasse aus Porzellan, in der man Kresse und Senf säte; die Eiche, die den Rasen beschützte, mit glitzernden Schneegirlanden behangen; das Gurren der Tauben über der rosafarbenen Gartenmauer – und daneben die seltsamsten Gestalten – Feen, Kobolde, Hexenmeister – und Einbildungen, wie der Kuckuck, der aus der Uhr flog, der chinesische Mandarin vom Kaminsims im Salon, der seinen langen Schnurrbart mit einem batistenen Tuch wischte, und das gefleckte Schaukelpferd ohne Schwanz, das vom Schulzimmer bis zur Eingangstür alle Treppen hinunterpolterte. Was ist Wirklichkeit? Wo fängt das Träumen an? Spricht Pilatus zu ihm: «Was ist Wahrheit?»

Ein solches Rätsel ist mir ein Abenteuer meiner Kindheit, von dem ich noch nie berichtet habe, vielleicht aus Angst, man werde mir nicht glauben. Mag sein, daß mir endlich klar wird, daß das ganze Leben eine Abfolge von rätselhaften Abenteuern ist und jede Begebenheit darin ebenso unwahrscheinlich. Vielleicht bin ich aber auch einfach alt genug, um das Hohngelächter meines Gegenübers nicht mehr zu fürchten. Man hat mich zu oft ausgelacht, und jetzt habe ich mich, wie die Schmeißfliege im Märchen, «an das unverschämte Brummen meines Vetters gewöhnt»*. So oder so erzähle ich diese bemerkenswerte Geschichte heute zum ersten Mal, genau so, wie sie in meiner Erinnerung geschrieben steht.

Ich muß damals um die dreizehn gewesen sein. Ich war ein schüchternes, nervöses und gehemmtes Kind – um so mehr, als meine älteren Geschwister über gar nichts im Zweifel waren und über meine Kleinmütigkeit spotteten, soweit sie überhaupt an mich dachten.

Sie hatten ja leider recht: ich *war* eine kleinmütige Natur. Ich meinte, es brauche so wenig – ein Wort, einen Blick, das Schließen einer Tür oder das Öffnen eines Fensters vielleicht –, und das Unglück sei geschehen. Der Tag – jeder Tag – war voller Gefahren, in der Schule so gut wie zu Hause. Vater und Mutter liebte ich zwar, aber ich fürchtete sie damals auch. Ich haßte den Ausdruck in den Augen meiner Mutter, wenn sie, obwohl sie mich liebte, zu denken schien: «Kommt denn dieses Kind nie zur Vernunft? Was sollen wir bloß mit ihm anfangen?»

Sarah, meine ältere Schwester, ein fröhlicher, bei allen beliebter Wildfang, hatte die Gewohnheit, mich anzuschauen und lachend zu sagen: «Was bist du bloß für ein kleiner Narr!» – und das war ich wohl auch. Trotzdem hätte sie besser nicht gelacht. Aber sie war in jenen Jahren (wie ich ihr seither vorgehalten habe) so gedankenlos verletzend.

Doch geht es mir hier nicht darum, jemandem Vorwürfe zu machen. Daß ich es nicht anders verdient hatte, bezweifle

* Vermutlich Anspielung auf «The Auto-da-Fe» in den *Ingoldsby Legends* des Reverend R. H. Barham (1788–1845).

ich keinen Augenblick. Ich war ein schüchternes, unbeholfenes, wenig einnehmendes Kind – wodurch dieses eine Erlebnis um so mehr heraussticht. Während einiger Jahre meiner Kindheit besaß mein Vater, der Arzt war, eine Praxis im Dorf Gosforth in Cumberland. Von Gosforth waren es drei Meilen zum Meer und gegen sechs Meilen zum See von Wastwater. Das Dorf bestand aus einer einzigen langgezogenen Straße. Man kannte es hauptsächlich wegen seiner Kirche, und die Kirche kannte man wegen des bedeutenden Kreuzes auf dem Friedhof. Dieses Kreuz war eines der ältesten – wenn nicht das älteste – in ganz Großbritannien, und die eingemeißelten heidnischen Figuren machten es noch bedeutender. Altertumsliebhaber besuchten, und besuchen es gewiß noch, in Scharen.

Alles in allem machten das nahe Meer, der See (der dunkelste und geheimnisvollste von allen), den man bequem mit dem Fahrrad erreichte, das seltsame Kreuz und die erhabenen Umrisse des Black Combe am Horizont Gosforth zum idealen Nährboden für die unlogischen Phantasien eines gefühlvollen Kindes.

Wir wohnten in einem winkligen alten Haus, eine halbe Meile vom Dorf entfernt. Zum Haus gehörte ein verwilderter Garten, dahinter lag dichter, undurchdringlicher Wald, und sangesfreudige, geschwätzige, klatschsüchtige, leutselige Vögel gab es dort wie sonst nirgends! Weder Vater und Mutter noch Sarah und Fred – meine Geschwister – waren in der Welt der Phantasie besonders daheim. Während der Ferien – ich besuchte damals die Sedbergh-Schule – wurde jede Minute genutzt. Mein Vater war der Meinung, daß Nichtstun den Kindern schade, und so wurden wir von morgens bis abends beschäftigt. Wir wurden zum Spielen angehalten, und es gehörte zu meinen Nöten, daß ich in gar jedem Spiel eine Niete war. Ganz anders Sarah und Fred, die nichts lieber taten und aus der näheren und weiteren Umgebung Kinder zum Mitmachen einluden. Kinder fanden sich damals leicht. Es war vor der Zeit des unablässigen allgemeinen Herumchauffierens und also auch der leidenschaftlichen, nie befriedigten Unrast. Wir versäumten keine Abwechslung, besaßen aber auch jene kostbarste aller guten Gaben – die Fähigkeit, sich an kleinen Dingen mit allen Sinnen unbändig freuen zu können. Es gab kaum etwas, das wir zu unserer Unterhaltung verschmähten.

Das Unglück wollte es, daß keines der Kinder, die zu uns kamen, mich mochte, obwohl meine kindlich einsame Seele nach Zuneigung lechzte. Da waren die Bellishaws aus Uffdale, die Croxtons von «Moor Park» und die Adderleys aus dem Dorf. Die Adderleys sind wichtig für meine Geschichte, und darum ein paar Worte zu ihnen – vorurteilsfrei, hoffentlich, obwohl ich selbst nach dieser langen Zeit nicht behaupten kann, daß sie mir lieb wären!

Der Pfarrer von Gosforth war Junggeselle und bewohnte ein paar Zimmer am Dorfrand, gegen Wastwater. Das Pfarrhaus war groß, weitläufig und alt, teuer im Unterhalt, und darum überließ er es Sir John und Lady Adderley und lebte zufrieden und heiter in einem stickigen Studierzimmer nebst kleinem, muffigem Schlafzimmer. (Ich sehe ihn noch vor mir, wie er dem Bach nach aus dem Dorf spaziert, den schwarzen Pfarrhut schräg auf dem Kopf, eine gewaltige Pfeife im Mund und ein erwartungsfrohes Leuchten im Auge!)

Die Adderleys mieteten sich also für ein Jahr im Pfarrhaus

ein und machten in der ganzen Gegend Furore. Das lag der Familie im Blut; so lärmig, froh, zuversichtlich und überaus selbstsicher, wie sie alle waren. Lady Adderley habe ich als stattliche Frau mit großem, sommersprossigem roten Gesicht in Erinnerung, und ich sehe sie immer in ihrem riesigen Schlapphut vor mir, mit Gartenhandschuhen und einer mächtigen Schere. Aber wichtig waren eigentlich die drei Kinder – Ambrose, Grace und Samuel. Es müssen sehr herrschsüchtige Kinder gewesen sein. Jedenfalls scheint es mir in der Rückschau, daß sie bei allem die Anführer waren, und das augenblicklich. Ich höre noch den Befehlston, in dem Ambrose, kaum war er vor unsrer Tür angekommen, ausrief: «Alle mal herhören! Jetzt spielen wir Krocket, und ich schnapp' mir die rote Kugel!»

Natürlich verabscheuten sie mich gründlich. Sie neckten mich, lachten mich aus und verspotteten mich, selbstverständlich alles ganz harmlos. Sie strotzten einfach von urwüchsiger Gesundheit und mußten ihre überschüssige Energie loswerden. Und da war ich, unbrauchbar bei jedem Spiel und leicht aufzubringen, was für alle ein amüsanter Zeitvertreib war. «Kommt, wir machen Humphrey wild», ertönte ihr anfeuernder Ruf – und ich wurde auch ganz leicht wild!

Das Ende davon war, daß ich mich beim Auftauchen der Adderley-Kinder wann immer möglich davonmachte. Ich versteckte mich im Wald oder schlich die Straße hinauf, und wenn ich dann für den Augenblick keine Verfolgung mehr fürchten mußte, ließ ich meiner Phantasie freien Lauf und erzählte mir selber Geschichten oder, was häufiger war, ersann wundersame Katastrophen, bei denen ich den Helden spielte – Feuersbrünste, vor

denen ich meine Schwester und die kleine Adderley rettete; Expeditionen, auf denen wir uns im Gebirge verirrten und ich als einziger den Weg wieder fand; oder ein Unglück auf See, bei dem ich durch gewaltige Wellen schwamm, um Hilfe herbeizuholen.

Auf einem dieser einsamen Spaziergänge sah ich Mr. Claribel zum ersten Mal.

Ich habe schon bemerkt, daß ich in der Rückschau nicht mehr sicher sein kann, was wirklich war und was nicht. Bestimmt war es aber ein kalter Wintertag, an dem ein leise winselnder, einsamer Wind ein paar letzte dürre Blätter in die Luft wirbelte, bevor sie wieder zu Boden sanken. Von dort, wo die Straße einen Bogen machte, sah der bucklige Black Combe – schwarz vor dem weißgrauen kalten Himmel – stirnrunzelnd auf mich herab. Und die Straße herunter kam Mr. Claribel. Ich habe mich nie davon abbringen lassen, daß er herbei*getanzt* kam. Auch das mag Einbildung sein, aber wie klar sehe ich ihn vor meinem geistigen Auge doch tanzen, mit seinem schwarzen runden Hut, dem Schirm in losen Falten, während die kalte, dünne Luft durch die Zweige bebte.

Vor mir hielt er an. Ich hatte ihn nie zuvor gesehen (obwohl er schon seit geraumer Zeit im Dorf lebte) und muß ihn ganz unverschämt angestarrt haben. Er wirkte auf den ersten Blick seltsam, mit seinem kleinen, mageren Körper, den hellen blauen Augen in dem dunklen Gesicht und den langen schwarzen Rockschößen, die hinter ihm herflatterten.

Unser Gespräch (das erste von vielen) verlief ungefähr so:

«Hallo, kleiner Junge, was tust du denn hier?»

«Spazieren, Sir.»

«Was – ganz allein? Hast du denn niemanden, der mit dir geht?»

«Ich bin gerne allein, Sir.» (Manchmal war ich ziemlich hochnäsig.)

«Gerne allein? Na, na! Das sollte nicht sein in deinem Alter! Wie alt bist du?»

«Dreizehn und drei Monate.»

«Dreizehn und drei Monate – und ganz allein. Wo sind Vater und Mutter?»

«In ‹Grange Hall›, Sir. Der Arzt, das ist mein Vater.»

«Der Arzt, sagst du? Und hast du keine Geschwister?»

«Doch, Sir. Einen Bruder und eine Schwester.»

«Und was machen *die*?»

«Spielen.»

«Das solltest du auch tun.» Ungefähr da muß er sich ganz nahe vor mich hingestellt und mir forschend ins Gesicht geblickt haben. «Du hast nicht zufällig einen kleinen Hund gesehen?»

«Nein, Sir.»

«Es ist ein kleiner brauner Hund, und er heißt Napoleon. Er ist verschwunden. Immer verschwindet er. Aber alles andere ja auch.»

Ich erinnere mich ziemlich deutlich, daß er mich darauf fragte: «Kennst du das Geheimnis eines glücklichen Lebens?»

«Nein, Sir.»

«Niemals überrascht sein. Nimm alles, wie es kommt. Es hat keinen Zweck, überrascht zu sein, weil ES sich einen Deut darum schert. ES kümmert sich nicht um deine Gefühle.»

Er sagte ES mit unheimlichem Nachdruck.

«Meine Güte», sagte er dann. «Hier ist es sehr kalt zum Reden. Hast du deinen Tee schon gehabt?»

«Nein, Sir.»

«Dann komm doch und trink ihn mit mir.»

So machten wir uns zusammen auf den Weg. Er schlug einen schnellen Schritt an und murmelte manchmal etwas vor sich hin; dann wieder ließ er seinen Schirm fallen, den ich ihm jeweils aufhob, und ab und zu rief er in einem schrillen Diskant: «Napoleon! Napoleon!»

Als wir schon ganz nahe beim Dorf waren, tauchte ein kleiner brauner Hund aus dem Nichts auf. Buchstäblich aus dem Nichts. Es war richtig unheimlich. Da stand er, mitten auf der Straße, ein sehr hübscher kleiner Hund mit lockigem braunem Haar; er wedelte mit dem Schwanz und sah ausgesprochen freundlich aus.

«Wo bist du gewesen?» fragte Mr. Claribel streng. Aber der kleine Hund hörte nicht hin, jagte bloß einem Blatt nach, mit dem der Wind spielte, und rannte vor uns her, als ob ihn nichts auf der Welt zu kümmern brauchte.

Ich erinnere mich, daß ich Bedenken hatte, von einem völlig Unbekannten eine Einladung zum Tee anzunehmen. Man hatte mich immer davor gewarnt, mit Fremden zu reden oder etwas von ihnen anzunehmen; aber ich sah nicht ein, was ich von diesem Herrn zu befürchten hätte, und wahrscheinlich gefiel mir auch der Gedanke, meiner Familie für einmal nicht zu gehorchen. Sie kümmerte sich ja doch kaum darum, was ich tat, dachte ich!

Wir kamen bei dem kleinen Haus mit einem kargen Vorgärtchen an. An diesem Gärtchen fiel mir eine große Silberkugel auf (wie eine Zauberkugel), die auf einem Steinsockel mitten im Blumenbeet ruhte. Daneben gab es etwas, das eigentlich ein kleiner Springbrunnen gewesen wäre, bloß daß kein Wasser floß, und auf dem Kiesweg lag ein Spielzeugzug trübsinnig auf der Seite. Alle Einzelheiten dieses Hauses sind mir so gegenwärtig, als ob ich in diesem Augenblick durch die Eingangstür treten würde.

Mr. Claribel und Napoleon gingen voraus. Mr. Claribel half mir aus Mantel und Schal und klopfte mir dabei auf die Schultern. Dann folgte ich ihm in den seltsamsten Raum, den ich je gesehen hatte. Es war ein kleines Zimmer mit einem munter prasselnden kleinen Kaminfeuer, einer Vase Christrosen im Fenster und einem Tischchen, das für den Tee gedeckt war. Aber das Seltsame daran war, daß es mit den ausgefallensten Sachen vollgestopft war. Ich erinnere mich an Schachfiguren in zweierlei Ausführung, an ein Segelschiffmodell aus Silber unter einer Glashaube, einen großen, getupften Fisch, der an der Wand lehnte, ein Puppenhaus mit bunt glänzenden Miniaturmöbeln, an eine von diesen großen Glaskugeln mit einem blaubemalten Haus drin, die man umdreht, und dann schneit es (ich hab' es versucht, darum weiß ich es), eine karminrote Trommel mit vergoldetem Regimentswappen auf dem Rot, einen Elefanten aus Elfenbein, an eine Spieldose, mit kleinen ländlichen Szenen bemalt (daß es eine Spieldose war, weiß ich, weil sie später für mich erklang), und viele, viele andere Dinge, obwohl ich mich nur an die genannten genau erinnern kann. Ich sah nie ein so überfülltes Zimmer, und doch hatten wir auf wunderbare Weise genau darin Platz: ich saß auf der einen Seite des Kamins, er auf der andern, und zu seinen Füßen ruhte Napoleon.

Bald brachte eine alte Dame den Tee, und wir wandten uns dem Tisch zu.

«Ich trinke meinen Tee immer am Tisch», bemerkte er (und ich beobachtete, wie er seine Serviette unter seinem spitzen, kleinen braunen Kinn einsteckte). «Man ißt sehr viel mehr. Findest du nicht auch?»

Viel aßen wir an diesem Abend tatsächlich! Es gab feste, köstliche Brombeermarmelade; festen, köstlichen Ingwerkuchen, schwarz wie die Hölle, himmlisch süß, noch feucht in der Mitte; Vollkorn- und Rosinenbrötchen, belegte Brote und heißen Toast mit Butter; dazu Tee aus einem prächtigen alten Teekrug, der mit Rosenblättern und -blüten aus daumendickem Silber verziert war. Ich weiß noch, daß ich mich beim Schlemmen fragte, ob er wohl jeden Tag allein soviel zum Tee aß. Oder ob er jemanden erwartet hatte? Aber wie konnte er wissen, daß er mich treffen würde?

Wie so häufig, las er meine Gedanken.

«Ich wußte, daß du zum Tee kommen würdest», sagte er. «Ich hatte Teesatz in meiner Tasse beim Frühstück.» Aber das meinte er eigentlich nicht. Er hatte es irgendwie im Gespür. Da war ich mir sicher. Aber wie konnte das sein... wenn ich es doch selbst noch nicht wußte!

Bevor ich an diesem Nachmittag wieder ging, stellte er mir alle möglichen Fragen, zum Teil sehr ungewöhnliche. Vielleicht erfinde ich hier aber tatsächlich auch nur. Oder klingt es nicht unglaubwürdig, daß er mich zum Beispiel gefragt haben soll, ob ich Eicheln sammle? Natürlich sagte ich nein. Er schüttelte den Kopf und fand, das sei schade. Er fragte mich auch, ob mir der große Zeh an meinem linken Fuß manchmal weh tue, und ich antwortete, daß das tatsächlich ab und zu vorkomme. Darauf lächelte er und sagte, das sei ein sehr gutes Zeichen, und es freue ihn, das zu hören. Er fragte mich, ob ich gerne lese, und ich sagte ja. Welche Bücher mir denn am besten gefielen? Ich sagte Stevenson, Rider Haggard und Stanley Weyman*.

Er sagte, er habe ein Buch für mich, und aus einer Schublade beim Kamin zog er ein schmales, flaches Buch mit verblaßtem roten Einband. Darin waren farbige Bilder, Bilder von erstaunlichen Tieren, Tieren mit zwei Köpfen und langen Schwertern, die ihnen aus der Stirn wuchsen. Es gab auch Karten des Planetensystems, Damen mit Kronen auf dem Kopf, und auf einem Bild war ein großer grüner Baum mit einem riesigen Vogelschwarm. Viele Seiten bestanden auch nur aus Zahlen und den Buchstaben des Alphabets.

«Also, wenn du lernst, was das alles heißt, Humphrey», sagte er, «könntest du dich jederzeit verwandeln in alles, was du willst.»

«Das könnte ich?» fragte ich ganz ehrfürchtig.

«In der Tat.»

«Und können Sie sich selbst in alles, was Sie wollen, verwandeln?» erkundigte ich mich.

«Oho», antwortete er lächelnd, «eine gute Frage. Aber Napoleon, der kann es sicher.»

Danach ging ich nach Hause, nudelsatt und das rote Buch fest eingeklemmt unter dem Arm. Ich war ganz aufgeregt. Ich hatte einen Freund gewonnen. Ich kannte jemanden, den meine Familie nicht kannte. In den folgenden paar Wochen sah ich ihn häufig. Mehrmals bat er mich zum Tee. Und bald hatte ich ihn sehr liebgewonnen, denn ich war ein gefühlvol-

* Henry Rider Haggard (1856–1925), Verfasser von Abenteuerromanen aus Afrika.
Stanley John Weyman (1855–1928) schrieb historische Romane.

ler kleiner Junge, der sich nach Zuneigung sehnte. Niemand war je so nett gewesen mit mir. Mein Selbstvertrauen begann zu erwachen. Ich bürstete mir das Haar, wechselte meine Kragen und fing tatsächlich an, eigene Ansichten zu haben und auch zu vertreten.

Dann wurde meine neue Freundschaft natürlich entdeckt. Man sah mich mit Mr. Claribel die Straße hinunterspazieren. Niemand sagte offen etwas dagegen, aber ich wurde fürchterlich aufgezogen. Ich stellte fest, daß Mr. Claribel im Dorf als völlig närrisch galt. Zwar konnte ihm niemand etwas nachsagen; er war im Gegenteil ein netter, wunderlicher alter Mann, der den Kindern Süßigkeiten schenkte, die alte Mrs. Mumble besuchte, wenn sie mit ihrem üblen Bein im Bett lag, und Mr. Somerthwaite half, als seine Kuh einging. Aber er war seltsam, und das reicht auf dieser Welt, um einen Menschen von seinesgleichen auszuschließen. Als ob wir nicht alle überaus seltsam wären! Und wenn nicht auf die eine, dann gewiß auf die andere Art! Vor allem die Adderley-Kinder machten sich lustig über meine Freundschaft.

«Mr. Claribel bittet Humphrey zum Tee!» rief Ambrose aus, und dann alberte er herum als Mr. Claribel mit Rockschößen und lose gefaltetem Regenschirm. Dazu kam, daß mich diese neue Vorliebe noch stärker als vorher von den anderen unterschied. Mr. Claribel war verrückt, und ich mochte ihn, also mußte ich auch verrückt sein. Außerdem hatte ich jetzt etwas, das *sie* nicht hatten. Kinder sind grausam, nicht weil sie es wollen, sondern weil sie noch nicht gezähmt sind. So war ich eben ein krankes oder verwundetes Tier der Herde, und die gesunden mußten sich wehren.

Merkwürdigerweise war Mr. Claribel über alles, was sie taten, genau im Bild. Ich mußte ihm gar nichts erzählen.

«Wenn sie nicht aufpassen», sagte er eines Tages, «verpasse ich diesen Kindern den Schreck ihres Lebens», und als er es sagte, sah er vorübergehend richtig gefährlich aus! Dabei hätte niemand freundlicher zu mir sein können als er. Die Geschichten, die er mir erzählte, die Geschenke, die er mir machte (die Schneekugel besitze ich heute noch!), und die Zuneigung, die er mir bewies!

Unterdessen ging es auf Weihnachten zu. Eine Woche vor Weihnachten kam der Schnee. Drei Tage lang schneite es unaufhörlich – richtigen harten Schnee, der die Erde bedeckte und dort blieb. Das ist ungewöhnlich für Cumberland, wo der Schnee selten in den Niederungen liegenbleibt. Nach den Schneefällen war der Himmel ein übers andere Mal strahlend blau. Wir wurden vom Gleißen und Funkeln des Morgenlichts geweckt und schauten durch das Fenster hinaus auf einen Rasen, der so dicht mit Diamanten besetzt war, daß unsere Augen von dem Anblick schmerzten, und nichts brach das jungfräuliche Weiß als die winzigen Spuren der Vögel.

Über alles breitete sich eine wundersame Stille. Aus weiter Ferne hörte man Stimmen rufen und Hunde bellen, und die Schatten, die die Tannen auf den Schnee warfen, waren ein tiefes und sanftes Purpur. Auf der Eiche im Garten lag der Schnee so schwer, daß es schien, sie müsse, so stark sie war, nachgeben unter der Last.

Und im Hause welche Aufregung! In jenen Tagen war Weihnachten ein geheimnisvolles Ereignis, eine Zeit fast leidenschaftlicher Vorfreude und glückseliger Erfüllung! Es gab keine Hilfe von außen, bloß ein, zwei Einladungen, einen Weihnachtsbaum für die Dorfkinder. Aber den Stoff der Wirklichkeit mußten wir wie die Seidenraupen aus uns selber spinnen!

Ich erinnere mich, daß in diesem Jahr die Stechpalmen besonders schön waren – voll praller Beeren –, und bald war das Haus geschmückt von der Küche bis zum Dach. Aber die Hauptsache war das Ersinnen von Geschenken. Geheimnisvolles entstand hinter verschlossenen Türen, wurde in Papier gewickelt und in Schubladen versteckt. Wir Kinder hatten wenig Geld, und der einzige Ort, etwas zu erstehen, war der Dorfladen. Ich besaß alles in allem etwa sechs Shilling, und vier Personen sollten größere Geschenke erhalten, worunter ich etwas wirklich Wichtiges, Unverwechselbares, Aufsehenerregendes verstand. Was es genau war, soll mich niemand mehr fragen. Ich habe es, ehrlich gesagt, völlig vergessen.

Dafür weiß ich noch genau, daß mich gegen Weihnachten die Gewißheit des bevorstehenden Fiaskos zu überwältigen drohte. Dabei wollte ich mich doch diesmal behaupten und allen beweisen, daß ich *auch* etwas galt! Meine Geschenke sollten so besonders sein, daß man mich nicht übersehen konnte. Natürlich waren sie es nicht. Und während die anderen immer geschäftiger, betriebsamer und aufgeregter wurden, schrumpfte ich, wie immer, wenn sich die ganze Familie ereiferte, mehr und mehr zu einem Nichts. Bloß wenn sie einen Botenjungen, Sündenbock oder Handlanger brauchten, dachten sie an mich – mit gutmütiger Verachtung. So kam es mir zumindest vor. Ich bin nämlich sicher, daß ich mir das alles nur einbildete und sie zu beschäftigt, froh und heiter waren, um von mir überhaupt Notiz zu nehmen, oder dann dachten, ich sei ebenso froh und heiter. Aber vielleicht gerade weil meine junge Freundschaft mit Mr. Claribel neue Hoffnungen in mir genährt hatte, empfand ich mich um so schmerzlicher als elenden Versager, mit dem niemand etwas anfangen konnte.

Und das Schlimmste an allem war die Einladung bei den Adderleys. Sie sollte am Heiligen Abend stattfinden – ein rauschendes Fest im Pfarrhaus. Kinder aus der ganzen Umgebung, Abendessen, Spiele und Weihnachtsbaum. Nie litt ich so wie bei den Einladungen der Adderleys, denn nirgendwo wurde ich so gründlich übergangen wie dort. Natürlich war ich selbst schuld daran. Eine große Gesellschaft ließ mich verstummen, und wenn ich einmal etwas sagte, lachte gewiß jedermann über meine Bemerkung. Ich wollte lustig sein, aber das Glück schien mir bei solchen Gelegenheiten einfach immer versagt zu bleiben.

In dem Maß, wie die Stunden vergingen, umwölkte der Gedanke an das Fest bei den Adderleys meinen Blick. In meiner überhitzten Einbildung sah ich mich schon ausgelacht und verspottet, und ich empfand mein Versagen um so bitterer, als es mir doch so leichtfiel, mir auszumalen, wie wunderbar ein Erfolg wäre. Ich sah mich Beifall ernten, hörte das

Raunen: «Was für ein begabter Junge! Ein ganz ungewöhnliches Kind!» Nicht daß ich mich für ungewöhnlich oder begabt hielt, aber wie herrlich, wenn ich ein einziges Mal dafür gelten könnte!

Am Morgen vor Heiligabend war ich abgrundtief unglücklich. Ich trug etwas für meine Mutter und ließ es fallen; ich suchte etwas für meinen Bruder und fand es nicht; mein Vater sagte: «Na komm, Humphrey – wo hast du bloß deinen Kopf?» Mitten am Morgen – es war ein schöner, kristallklarer Tag – entwischte ich, um Mr. Claribel mein Geschenk zu bringen. Nach gründlichem Überlegen und Abwägen meiner Möglichkeiten hatte ich beschlossen, ihm ein Taschenmesser zu schenken. Ein albernes Geschenk, vielleicht; aber es war etwas, das ich nie bei seinen Habseligkeiten bemerkt hatte, und weil ich im Augenblick selbst unbedingt ein Taschenmesser brauchte, war es einleuchtend, daß es anderen ebenso gehen mußte.

Das Messer, das ich dann im Dorfladen kaufte (und dafür die Hälfte meiner Schätze opferte), war aus Schildpatt. (Eine Imitation? Ich muß es befürchten, aber damals wußte ich davon nichts.) Es hatte bloß eine Klinge, aber es *glänzte* und es *schnitt*, das probierte ich nämlich aus. Ich war davon sogar derart entzückt, das weiß ich noch, daß ich einen Augenblick schrecklich versucht war, es zu behalten. Aber wenn man ein Geschenk selber behält, das man für jemand anders gekauft hat, zerfällt es unweigerlich zu Staub und Asche, das habe ich inzwischen gelernt. Nein, ich liebte Mr. Claribel, und als ich vor seinem Haus stand, gefiel mir der Gedanke, wie er sich freuen würde. Und wie er sich freute! Er küßte mich sehr förmlich auf die Stirn. Ich verabscheute Küsse, aber diesmal wurde mir warm ums Herz; plötzlich dachte ich an

die Party bei den Adderleys, eine klare Vision meiner Unbeholfenheit und Verlassenheit dort stieg in mir auf – und ich brach in Tränen aus!

Der kleine Mann gab alle möglichen Klagelaute von sich, holte den schwarzen Ingwerkuchen hervor und legte mir den Arm um die Schulter, während ich aß; dann gab er mir sein Geschenk, und es war nichts anderes als die wunderschöne Spieldose mit den Bildern. Darüber freute ich mich so, daß ich ihm die Arme um den Hals warf und ihn meinerseits küßte.

Dann fragte er mich, weshalb ich trotzdem so unglücklich sei, und ich sagte es ihm. Es sei das Fest bei den Adderleys. Ich mochte die Adderleys nicht, und ihre Parties seien grauenhaft. Ich wußte, daß ich mich blamieren würde, so daß sich Vater und Mutter für mich schämen müßten und ich mich auf dem Heimweg so elend fühlen würde, daß Weihnachten für mich völlig verdorben wäre.

Er nickte einige Male; dann sagte er: «Jetzt mach dir einmal keine Sorgen. Ich versprech' dir, daß dir der Abend gefallen wird.»

Ich schüttelte betrübt den Kopf.

«Wart es nur ab. Ich habe noch nie etwas versprochen, das ich nicht halten konnte. Wart es ab.»

Auf wundersame Weise getröstet, rannte ich nach Hause, die Spieldose fest in der Hand.

Als es Zeit war, machten wir uns, vermummt bis zur Nase hinauf und die Hände in dicken Wollhandschuhen, auf den Weg zum Pfarrhaus. Mein Vater leuchtete uns mit seiner Laterne. Vielleicht narrt mich hier wegen der nachfolgenden Ereignisse meine Einbildung wieder, aber rückblickend entdecke ich in dieser Nacht einen Zauber. Am Himmel prasselten die Sterne, unser Atem zog wie Wolkenfetzen an der Laterne vorüber, und in ihrem flackernden Schein leuchteten sie auf. Im hellen Sternenglanz schimmerte die Luft silbrig, und in diesem Dämmerlicht waren die Bäume und Hecken wie aus weißem Marmor und schienen über die Felder zu gleiten. Es war klirrender Frost, und der Schnee knirschte und wimmerte unter unseren Stiefeln. Manchmal bebte die Luft leise, und ein Hauch Schnee versprühte auf unsern Schultern. Alles zeugte von Weihnachten. Vor dem Haus der alten Miss Mark, weiter die Straße hinunter, sang eine kleine Schar Weihnachtslieder, und ihre Laterne schien der unseren spitzbübisch zuzuzwinkern, als wollte sie sagen: «Was soll das heißen, daß du diesen sterblichen Narren den Weg weist? Willst du nicht lieber in den Teich mit ihnen?»

Alles ohne böse Absicht, natürlich!

Über die Felder drang das perlende Stakkato der Kirchenglocken an unser Ohr. Sie übten für morgen, und ich sah Joe Churcher, mit dem ich gut auskam, am Seil ziehen mit seinem ganzen Gewicht, und daneben den schmächtigen Harry Bone, der so klein und dünn war, auf Zehenspitzen. Das war es jedenfalls, dieses volle, frohlockende, übermütige Geläute, das die weißen, frostigen Felder derart überrollte, daß man meinen könnte, die Glocken seien so außer sich über die frohe Botschaft, daß sie sich überschlugen vor Ungeduld, sie weiterzusagen.

Als wir uns dem Pfarrhaus näherten, kämpfte ich, wie ich noch weiß, mit zwei ganz unterschiedlichen Regungen. Einerseits wollte ich fortlaufen und mich verstecken. Ich trottete am Schwanz unserer Familienprozession, erfüllt, wie schon den ganzen Tag vorausgesehen, von der Gewißheit, vergessen und übergangen zu werden. Ja, bis zu dem Abend hatte meine Familie eine ganz merkwürdige Art, so zu tun, als ob es mich nicht gäbe; aber *nach* diesem Abend hatte sich ihnen meine Existenz für immer eingeprägt! Ich fühlte mich also elend und ausgestoßen aus der Gesellschaft, aber gleichzeitig wagte ich zu hoffen. Ich war ganz sicher, daß Mr. Claribel sein Versprechen halten würde. Wie er das tun wollte, wußte ich natürlich nicht, aber etwas würde geschehen, etwas, das alle in Staunen versetzen mußte!

Einmal im Haus, schwammen wir mit dem Strom. Man nahm uns Mantel und Schal ab, wir glätteten unser Haar, zupften unsere Westen gerade und versuchten so erwachsen wie möglich auszusehen. Ich erinnere mich, daß ich beim Betrachten meiner Schwester Sarah zum ziemlich verzweifelten, schmerzlichen Schluß kam, es sei hoffnungslos mit ihr. Sie war keine Schönheit (niemand von uns, leider!), eher plump, und *ewig* hatte sie verrutschte Strümpfe und eine blanke Nase! (Ach, Sarah! Wie wurdest du mir in späteren Tagen lieb! Was gäbe ich doch darum, dich jetzt neben mir sitzen zu sehen!) Ja, ich war damals streng in meiner Kritik, aber aus dem kleinen Kritiker konnte (wie aus so vielen großen) ein freundliches, persönliches Wort einen Bewunderer machen.

Freundliche Worte gab man mir allerdings während der ersten Hälfte dieses Abends keine. Alles ging so schief wie nur möglich! Wir stolperten in den Salon und standen herum, die meisten von uns mit grollender, verlegener Miene.

Lady Adderley kam, rot im Gesicht und in ein zu enges blaßblaues Seidenkleid gezwängt, in unsere Mitte gerauscht und verströmte laute Heiterkeit, um das Eis zu brechen. Der

Raum war sehr einladend in seinem Lichterglanz, mit Stechpalmenschmuck über allen Bildern und einem dicken, beerenbeladenen Mistelzweig, der von dem großen Leuchter herabhing, an dem tausend Silbermünzen klirrten, wenn wir uns darunter bewegten.

Das Eis mußte also gebrochen werden, darum fingen wir mit einer Stuhlpolonaise an, und kaum hatte der Abend begonnen, machte ich mich auch schon unmöglich. Gerade vor mir tastete sich nämlich eine lange, dünne Dame in einem lästigen Kleid mit Schleppe die Stühle entlang. Sie gehörte zu jenen mittelalterlichen Damen, die an Kindergesellschaften «jünger sein wollen als die Jüngsten», und darum packte sie jede Stuhllehne und gab schrille Schreie des aufgeregten Entzückens von sich. Ich war gleich hinter ihr und trat auf ihre Schleppe. Es machte ratsch – dann ein Aufschrei. Die Dame drehte sich um, und einen Augenblick dachte ich, sie würde mich schlagen, so böse sah sie mich an. Aber sie nahm sich zusammen, sagte mit bittersüßem Lächeln, das sei doch nicht der Rede wert, und zog sich zurück, um den Schaden beheben zu lassen.

Natürlich hatten alle gesehen, daß ich schuld war. «Typisch Humphrey», hörte ich jemanden sagen. Ich befand mich jetzt in der prekären Lage, die wir alle aus Alpträumen kennen, wo jeder Schritt gefährlich ist. Eine Bewegung, und die Katastrophe schien unausweichlich. Merkwürdigerweise schienen sich alle andern ähnlich unbehaglich zu fühlen. Es drohte eine von den Gesellschaften zu werden, auf die unglückliche Gastgeberinnen ihr Leben lang mit Entsetzen zurückblicken. Gleich schon am Ende des allerersten Spiels gab es Ärger, weil ein fetter kleiner Junge den Sitz des letzten Stuhls umklammert hielt und sich beschwerte, *er* habe gewonnen und nicht der dünne Junge mit den Kaninchenzähnen, der auf dem Stuhlrand saß, als wäre er Casabianca*. Andere Anwesende ergriffen Partei. Ein kleines Mädchen sagte, es sei eine Schande. Dann spielten wir Blindekuh, ein gefährliches Spiel, weil es so leicht in eine Rauferei ausartet. Das geschah auch jetzt: ein großer Junge stieß ein kleines Mädchen um, und es fing laut an zu weinen.

Ja, die Lage war wirklich ernst, und ich sah, wie Lady Adderley sich mit ihrem Gatten beriet. Sie fragte ihn, nehme ich an, ob es nicht besser wäre, rasch zum Ende zu kommen. Ich selbst wurde so gründlich übergangen, daß ich ebensogut ein einsamer kleiner Geist hätte sein können, für alle unsichtbar. Ich redete mit niemandem. Und niemand redete mit mir. Nie mehr hält das Leben solche Qualen für uns bereit wie die Qualen der Kindheit.

Dann ging die Tür auf. Ein Dienstmädchen erschien, und ich hörte es deutlich sagen: «Mylady – der Zauberkünstler...»

Ich stand zufällig neben Lady Adderley und sah darum genau den Ausdruck auf ihrem Gesicht. Sie war verblüfft! Offensichtlich hatte sie keinen Zauberer eingeladen, und wenn sie einen in petto gehabt hätte, dann hätte er bestimmt nicht dem Mann geglichen, der jetzt unter der Tür wartete. Er war groß und dünn, mit einem langen, blassen Gesicht, einer sehr ausgeprägten Hakennase und schwarzem Haar, das steif vom Kopf abstand. Er war ganz in Schwarz gekleidet, und von seinen Schultern fiel ein kurzer schwarzer Umhang. In der einen Hand hielt er einen weichen schwarzen Hut mit hohem

* Anspielung auf den Helden im Gedicht «Casabianca» von Mrs. Hemans (1793–1835).

Schaft, in der andern einen viereckigen roten Lederkoffer mit glänzendem Messinggriff. Ganz still stand er da, die langen Beine nahe zusammen, völlig regungslos; dünn, aufrecht und stumm wie ein Mast, der auf seine Flagge wartet.

Lady Adderley hatte keinen Zauberer eingeladen – das war klar. Beim Anblick einer Hexe mit Besen hätte sie nicht erstaunter sein können. Ich bin darum sicher, sie wollte protestieren und fragen, wer da ohne Einladung einfach gekommen war. Sie machte einen Schritt vorwärts, dann blieb sie stehen. Lag es an den Augen des Zauberers, die höflich auf sie gerichtet waren, an seiner stillen, selbstbewußten Pose, seinem schwarzen Mantel oder gar dem roten Lederkoffer?

Spürte sie einfach, daß ihre Party vom Mißerfolg bedroht war und etwas geschehen mußte, um sie zu retten? Oder konnte sie am Ende nicht anders?

Jedenfalls wandte sie sich plötzlich an ihren Gatten, und ich hörte sie sagen: «Das ist jetzt die Überraschung, von der ich dir erzählte, mein Lieber.» Und damit ging sie zu dem Zauberer und bat ihn herein.

Ich weiß es nicht sicher, aber ich nehme an, daß in diesem Moment die Stimmung umschlug. Mag sein, daß wir uns alle so freuten über die Überraschung – mit einem Zauberer hatten wir nämlich zuletzt gerechnet! Mag sein, daß wir selbst erschrocken waren über die allgemeine Unruhe und schlechte Laune, die sich unter uns auszubreiten begannen.

Jedenfalls fanden wir uns alle schwatzend, lachend und bestens aufgelegt zu einem großen Kreis, die älteren Leute auf Stühlen und die meisten Kinder mit gekreuzten Beinen am Boden.

Der Zauberer, der eine ernste Natur zu sein schien, weil er

nie lachte, trat hervor und stellte sich auf einem dicken purpurfarbenen Läufer vor den Fenstern auf. Lady Adderley schob einen Tisch vor ihn hin, und er legte seinen roten Lederkoffer darauf. Dann – so unvermittelt, daß wir alle zusammenfuhren – zog er, aus den Tiefen seines Mantels anscheinend, einen langen karminroten Zauberstab mit silbriger Spitze hervor. Und jetzt sprach er zu uns, seine Stimme war leise und doch jedes Wort glockenrein.

Er mahnte, wir sollten uns nicht überraschen lassen von dem, was wir sahen; an Wundern gebe es auf dieser Welt eben mehr, als wir uns je träumen ließen, und wir sollten nie sagen, etwas sei unmöglich. Unmöglich erschienen uns gewisse Dinge mit zunehmendem Alter nämlich nur (hier lächelte er zum ersten Mal, und wie ich ihn so anstarrte, war mir, ich kenne dieses Lächeln), weil wir unsere Sinne so fest verschlossen hielten wie er seinen roten Lederkoffer. Wenn uns natürlich daran gelegen sei, uns in einem roten Lederkoffer einzusperren, seien wir selber schuld – aber er wolle doch hoffen, *wir* hätten mehr Verstand. Wir lachten und zweifelten nicht daran.

Dann hob er seinen Zauberstab und begann mit seinen Kunststücken. Es folgte so das Übliche: Er zauberte farbige Papierschlangen aus seinem schwarzen Hut, eine Blume von unter dem Tisch in einen Topf, ein Ei aus seinem linken Ohr und ließ ein Spiel Karten spurlos verschwinden. Ich hörte schon Ambrose, der neben mir saß, murmeln: «Er ist doch bloß ein gewöhnlicher Taschenspieler.» Aber dann hielt er inne, kam näher zu uns und musterte uns alle mit seinen durchdringenden schwarzen Augen.

«Sie haben so etwas schon gesehen?» sagte er. «Bitte, dann sehen Sie jetzt etwas Neues.»

Ein erwartungsfroher Schauder überlief uns.

«Aber zuerst», sagte er, «brauche ich einen Gehilfen.»

Etliche Jungen sprangen auf – dieselben, die noch ihr Leben lang bei solchen Gelegenheiten aufspringen würden.

Aber er schüttelte den Kopf.

«Nein», sagte er. «Es muß der *richtige* Junge sein.» Er sah sich prüfend um. «*Den* Jungen hier will ich!» sagte er und nickte in meine Richtung.

Selbst da noch glaubte ich nicht, daß ich gemeint sein könnte! Ich verschwand fast hinter einem fetten Jungen und zwischen zwei dicken Mädchen. Auch der fette Junge glaubte, es gehe ihn an! Mit freudigem Schnaufen erhob er sich.

«Nein», sagte der Zauberer. «Ich will diesen Jungen» – und sein roter Stock zeigte geradewegs auf mich.

Wie sie alle erstaunt waren! Das war der erste Triumph in meinem jungen Leben. Humphrey Porter, an dem niemand etwas finden konnte; Humphrey Porter, der bestimmt alles verpatzen würde! Armer Zauberer! Er würde seinen schweren Irrtum bald einsehen! Aber etwas war sonderbar. Sosehr mich sonst die Vorstellung entsetzte, vor andere hintreten zu müssen, diesmal kannte ich keine Angst. Ich sehe noch, wie ich unter spöttisch abfälligen Blicken durch die anderen Kinder hindurchkletterte und neben dem kleinen Tisch ruhig darauf wartete, was ich zu tun hätte.

«Danke!» sagte der Zauberer feierlich. «So habe ich es mir vorgestellt.»

Dann öffnete er zum ersten Mal den roten Koffer und entnahm ihm eine Anzahl Requisiten, namentlich einige kleine Porzellanuntertassen, ein paar farbige Schächtelchen, eine winzige Pistole, etliche Bauklötze, drei farbige Fähnchen, rot, weiß und blau, eine Mausefalle, eine Silberglocke und eine Spielzeugtrompete. Über das Ganze breitete er ein riesiges weißes Taschentuch. Eigentlich war nur der Grund weiß; ich sah, daß lauter blaue Schiffchen mit vollen Segeln darauf abgebildet waren.

«Zuerst», sagte er, «sollen alle wissen, daß dies ein ganz besonderer Junge ist. Mit einem gewöhnlichen Jungen könnte ich gar nichts anfangen. Ich kann mich glücklich schätzen, einen solchen Jungen gefunden zu haben.»

(Hier hätte ich eigentlich die Augen niederschlagen sollen. Aber ich tat es nicht. Ich sah geradeaus und lächelte meiner Mutter zu, die das Lächeln erwiderte.)

«Wie heißt du, mein Junge?» fragte er mich.

«Humphrey», antwortete ich und war irgendwie sicher, daß er das ohnehin schon wußte.

«Jetzt zeigst du deinen Freunden, was du alles kannst!» sagte er.

Gab es etwas, das ich in der nächsten halben Stunde nicht konnte?

Ich bekam die Spielzeugtrompete und blies darauf wie selbstverständlich wunderschöne Melodien – die ersten in meinem Leben! Auf seinen Befehl pfiff ich wie ein Vogel, nein, wie ein ganzer Wald voller Vögel! «Das ist die Drossel», nickte er befriedigt. «Jetzt die Amsel. Und wie steht es mit der Nachtigall?» Ich spitzte die Lippen, und das Lied der Nachtigall erfüllte den Raum.

«Jetzt nimmst du diese Schächtelchen, Humphrey», sagte er, «und wirfst sie in die Luft.»

Ich warf sie in die Luft, und, o Wunder, dort blieben sie, schwebten und schillerten in allen Farben in dem silbrig funkelnden Licht. («Wie *das* ging, weiß ich», meinte Ambrose später kühn. «Es kamen unsichtbare Drähte aus dem roten Koffer.» Nun, wenn *er* eine Erklärung fand, gut; ich wußte keine.)

Nach Anweisung des Zauberers nahm ich das Silberglöckchen, und ihm entstieg ein wohltönendes Glockenspiel. Ich nahm die Mausefalle, ging damit vor dem Publikum auf und ab und holte eine weiße Maus nach der anderen heraus. Sie rannten mir den Ärmel hoch und liefen über meine Schultern, um wieder in der Mausefalle zu verschwinden. Ich schwenkte die bunten Fähnchen, und sie wurden größer und größer, bis sie bis zur Decke zu reichen schienen.

«Und nun, Humphrey», sagte er und legte mir die Hand auf die Schulter (warum war mir diese Berührung nur so vertraut?), «jetzt sagst du der Dame dort drüben, was sie in ihrem weißen Täschchen hat.»

«Die Dame», sagte ich ohne Zögern, «hat in ihrer Tasche ein kleines weißes Taschentuch, einen kleinen Spiegel mit blauem Rand, eine rosa Nadelbüchse und ein Fläschchen Riechsalz mit Kristallstöpsel.»

Kein Wunder, daß dem Publikum der Atem stockte! Die Dame wurde gebeten, ihre Tasche zu öffnen, und darin befanden sich die von mir benannten Gegenstände. (Ich brauche kaum zu erwähnen, daß ich ebenso erstaunt war wie alle andern!)

«Und der Junge da», sagte er und zeigte auf Ambrose, der mit weit offenem Mund dastand. «Was hat er in seiner Hosentasche? Zur Abwechslung bitte auf französisch», fügte er beiläufig hinzu. Also erzählte ich Ambrose in perfektem Französisch, daß er in seiner Tasche ein Sahnebonbon, ein Messer mit

abgebrochener Klinge, drei Kupfermünzen, eine halbe Krone und eine Schleuder mit sich führte. (Ein merkwürdiges Sammelsurium in einer Eton-Uniform, aber Ambrose war eben sehr raffsüchtig, und erst später erfuhr ich, daß er das Messer seinem Bruder gestohlen hatte und ihm die Schleuder vom Vater verboten worden war. Darum waren Ambrose meine Enthüllungen ziemlich peinlich.)

So ging es weiter, und mit jedem Augenblick wuchs und wuchs mein Triumph! Ich spürte, wie die Wellen immer höher schlugen! Es war, als könnte ich jedem ins Herz sehen und darin lesen, wie stolz meine Eltern waren, wie zufrieden Sarah und wie allerorten gedacht wurde: «Nun seht einmal an! Ich hätte nie geglaubt, daß in dem kleinen Porter so viel steckt!»

Schließlich kam das Finale. Der Zauberer hielt das Taschentuch mit den blauen Schiffchen in die Höhe und bedeutete mir, meinen Arm zu heben. Ich gehorchte ihm. Und was geschah dann? Wie kann ich es wissen, nach so langer Zeit? Wird ein Mysterium je ganz offenbart?

Ich meinte, den Zauberer in schwindelnde Höhe wachsen zu sehen. Der Raum füllte sich mit sphärischen Klängen, und ich wußte, daß Weihnachten schöner war als jede andere Zeit und keine Weihnacht so schön wie diese; daß hoch über unseren Köpfen ein herrlicher Stern schwebte, und von hoch herab hörte ich den Zauberer mir ins Ohr flüstern, daß sich alle meine Wünsche erfüllen sollten, ich müsse bloß geduldig und ruhig und selbstlos genug sein, dann warte auf mich die ewige Glückseligkeit. Alles Unsinn. Natürlich beherrscht kein Taschenspieler solche Künste. Und doch weiß ich aus den späteren Berichten der Anwesenden, daß wir alle, jeder auf seine Art, für einen

Augenblick dem Zauber erlagen, an unser Glück glaubten, verwandelt ganz und gar.

«Und damit, verehrte Damen und Herren», sagte er und verbeugte sich, «ist meine kleine Vorstellung zu Ende.»

Der Applaus, dieses Lachen und Stimmengewirr! Und während sie noch schwatzten, war er schon fort. Als wir uns nach ihm umsahen, war von ihm nirgends mehr eine Spur – verschwunden war er mitsamt Hut, rotem Lederkoffer und Zauberstab. Ich blieb natürlich und kostete meinen Triumph aus. Reden wir nicht mehr davon. Ich strahlte und lachte und sagte, mit mir habe das doch nichts zu tun, und ich aß soviel wie noch nie im Leben.

«Wie du uns alle um den Finger gewickelt hast, Humphrey», sagte Mutter auf dem Heimweg.

«Es sind immer die Stillen, die sich plötzlich besonders hervortun», sagte mein Vater.

Ein paar Tage später war ich bei Mr. Claribel zum Tee. Mein Mund blieb nicht stehen; ich erzählte ihm jede Einzelheit dieses traumhaften Abends – und hatte wie schon so oft das Gefühl, er habe alles im voraus gewußt.

Und dann geschah etwas ganz Unglaubliches! Er nieste und zog sein Taschentuch hervor. Darauf waren blaue Schiffchen mit vollen Segeln auf weißem Grund.

«Aber das ist doch ...», rief ich aus.

Er zupfte mich am Ohr.

«Wenn du heute abend nach Hause kommst, Humphrey», sagte er, «nimm das rote Buch, das ich dir einmal gegeben habe. Wenn du Seite dreiundsiebzig studierst, auswendig lernst und ein wenig übst, kannst du ein sehr guter Zauberer werden. Es ist ganz einfach.»

Ich weiß doch nicht. Manchen Tag lang habe ich Seite dreiundsiebzig studiert. Alles zwecklos. Ich kann nicht einmal ein Kaninchen aus einem Hut springen lassen.

Vermutlich reicht ein Buch dazu nicht aus.

Shel Silverstein

Fröhliche …

Keiner stellt die Schuhe raus
und backt Pfefferkuchen.
Keiner schaut zum Himmel, um
den Weihnachtsstern zu suchen.
Keiner packt Geschenke aus,
und keiner hat ein Herz
für einen alten Weihnachtsbaum
am zehnten Tag im März.

Autoren- und Quellenverzeichnis

Leonid Andrejew, Orel 21. 8. 1871 – 12. 9. 1919 Mustamaggi (Finnland)
Der kleine Engel, aus: Der silberne Wolf. Russische Weihnachtsgeschichten. © Aufbau-Verlag, Berlin 1991

Hans Carl Artmann, geb. 12. 6. 1921 in Wien
Die Winterbrentlerin pflegt ein Kind, aus: ders., Grammatik der Rosen. Gesammelte Prosa Bd. 2. © Residenz Verlag, Salzburg und Wien 1979

Johannes R. Becher, München 22. 5. 1891 – 11. 10. 1958 Berlin
Weihnacht, aus: ders., Gesammelte Werke Bd. 6, Gedichte 1949 bis 1958. © Aufbau-Verlag, Berlin und Weimar 1973

Rudolf G. Binding, Basel 13. 8. 1867 – 4. 8. 1938 Starnberg
Das Peitschchen, aus: Das große Rudolf G. Binding-Buch. © C. Bertelsmann Verlag, München 1979. (Der Text folgt der Erstausgabe von 1930, die folgenden Vermerk enthält: «Die Zeichensetzung ist dem Sinn und Atem der Erzählung angepaßt.»)

Bertolt Brecht, Augsburg 10. 2. 1898 – 14.8.1956 Berlin
Eia popeia, aus: ders., Gesammelte Werke. © Suhrkamp Verlag, Frankfurt am Main 1967

Truman Capote, New Orleans 30. 9. 1924 – 25. 8. 1984 Los Angeles
Der silberne Krug, aus: ders., Die großen Erzählungen. © Limes Verlag, München 1976

Petr Chudožilov, geb. 1943 in Prostějov
Die Spur im Schnee, aus: Zu viele Engel. Aus dem Tschechischen von Susanna Roth. © Carl Hanser Verlag, München Wien 1994

Matthias Claudius, Reinfeld/Holstein 15. 8. 1740 – 21. 1. 1815 Hamburg
Ein Lied hinterm Ofen zu singen

Fritz Deppert, geb. 1932 in Darmstadt
Winterwunschnacht, aus: Hans-Joachim Gelberg (Hg.), Die Erde ist mein Haus. Beltz Verlag, Weinheim und Basel 1988. Programm Beltz & Gelberg, Weinheim

Der Elch, aus: F. Karlinger und B. Mykytiuk (Hg.), Legendenmärchen aus Europa (da unter dem Titel «Eine Weihnachtsgeschichte»), erschienen in der Reihe «Märchen der Weltliteratur» im Eugen Diederichs Verlag, München

Günter Bruno Fuchs, geb. 3. 7. 1928 in Berlin
Ein Neuruppiner Bilderbogen, Wer frißt kleine Kuchen um Mitternacht, aus: Das Lesebuch des Günter Bruno Fuchs. © Carl Hanser Verlag, München Wien 1970

Heinz Fühmann, Rokytrice (Böhmen) 15. 1. 1922–1984 Berlin
Am Schneesee, aus: Die dampfenden Hälse der Pferde im Turm von Babel. © Der Kinderbuch Verlag, Berlin

Johann Wolfgang von Goethe, Frankfurt a. M. 28. 8. 1749–22. 3. 1832 Weimar
Weihnachtsmarkt

Brüder Grimm (Jacob: Hanau 4. 1. 1785–20. 9. 1863 Berlin; Wilhelm: Hanau 24. 2. 1786–16. 12. 1859 Berlin)
Der goldene Schlüssel

Josef Guggenmos, geb. 1922 in Irsee (Allgäu)
Das kommt davon, aus: Oh, Verzeihung, sagte die Ameise. Beltz & Gelberg, Weinheim 1990; Ich male mir den Winter, aus: Ich will dir was verraten, Beltz & Gelberg, Weinheim 1992. Mit freundlicher Genehmigung des Autors.

Peter Hacks, geb. 21. 3. 1928 in Breslau
Vogelweihnacht, aus: Der Flohmarkt. © Gertraud Middelhauve Verlag, München

Manfred Hausmann, Kassel 10. 9. 1898–6. 8. 1986 Bremen
Entdeckung des Weihnachtssterns, aus: Martin, Isabel, Andreas. © C. Bertelsmann Verlag, München 1973

Franz Hohler, geb. 1943 in Biel
Das Marzipanschwein, aus: Das Kabarettbuch. Mit freundlicher Genehmigung des Autors

Richard Hughes, Weybridge (Surrey) 19. 4. 1900–28. 4. 1976 Mordedrin (Wales)
Der Weihnachtsbaum, aus: ders., Das Walfischheim. © Suhrkamp Verlag, Frankfurt am Main

Walter Kempowski, geb. 29. 4. 1929 in Rostock
Der Nußknacker, Weihnachten, aus: ders., Herrn Böckelmanns schönste Tafelgeschichten. © Albrecht Knaus Verlag, München 1983; Der Schlitten, Schlittschuhlaufen, aus: ders., Weltschmerz. Kinderszenen fast zu ernst. © Albrecht Knaus Verlag, München 1995

Rainer Kirsch, geb. 17. 7. 1934 in Döbeln
Vom Räuberchen, dem Rock und dem Ziegenbock. © Der Kinderbuch Verlag, Berlin

Miloš Macourek, geb. 2. 12. 1926 in Kremsier
Eine von den Weihnachtsinseln, aus: ders., Die Wolke im Zirkus. © Aufbau-Verlag, Berlin und Weimar 1966

Christian Morgenstern, München 6. 5. 1871 – 31. 3. 1914 Meran
Winternacht

Brigitte Ozmec-Richter, geb. 1943 in Wien
Die Kachelofenfrau, aus: Hans-Joachim Gelberg (Hg.), Am Montag fängt die Woche an. Beltz Verlag, Weinheim und Basel 1973. Programm Beltz & Gelberg, Weinheim

Elia W. Peattie, USA 1862 – 1935
Liebes kleines Gespenst, aus: Richard Dalby (Hg.), Geister zum Fest. Deutsche Ausgabe © Droemer Knaur Verlag, München 1992

Hilde Roth, geb. 1925 in Ludwigshafen
Engel, aus: Hans-Joachim Gelberg (Hg.), Was für ein Glück. Beltz Verlag, Weinheim und Basel 1993. Programm Beltz & Gelberg, Weinheim

Gerhard Rühm, geb. 12.2.1939 in Wien
das feuer, aus: ders., Knochenspielzeug. © Verlag Eremiten-Presse, Düsseldorf 1970

Günter Saalmann, geb. 1936 in Waldbröl im Oberbergischen
Basteln für Weihnachten, aus: Klaus Ensikat, Füchse, Fez & Firlefanz. © Rowohlt Taschenbuch Verlag, Reinbek 1992; Wir haben ein Paket gekriegt, aus: ders., Die Spielkiste. © Der Kinderbuch Verlag, Berlin

Wolfdietrich Schnurre, Frankfurt/Main 22. 8. 1920 – 9. 6. 1989 Kiel
Des Hasen Heimgang, aus: ders., Als Vaters Bart noch rot war. © Marina Schnurre

Jörg Schubiger, geb. 1936 in Zürich
Das Mädchen und der Engel, Ein weißes Tier, aus: ders., Als die Welt noch jung war. © Beltz Verlag, Weinheim und Basel 1995. Programm Beltz & Gelberg, Weinheim

Shel Silverstein, geb. 1932 in Chicago
Einladung, Fröhliche..., Standpunkt, aus: ders., Wo der Gehweg endet. © Gertraud Middelhauve Verlag, München

Isaac Bashevis Singer, Radzymin (Polen) 27. 7. 1904–24. 7. 1991 Miami (Florida)
Der Schnee in Chelm, aus: ders., Zlateh die Geiß. © Verlag Sauerländer, Aarau 1968

Jürgen Spohn, Leipzig 10. 6. 1934–18. 6. 1992
Mein Himmel, Nuß oder Nuß, aus: ders., Ach so. Mit freundlicher Genehmigung von B. Spohn

Erwin Strittmatter, Spremberg 14. 8. 1912–31. 1. 1994
Der Weihnachtsmann in der Lumpenkiste, aus: ders., ¾hundert Kleingeschichten. Aufbau-Verlag, Berlin und Weimar. Mit freundlicher Genehmigung von Eva Strittmatter

Dylan Thomas, Swanea (Wales) 27. 10. 1914–9. 11. 1953 New York
Weihnachtserinnerungen, aus: ders., Unter dem Milchwald. – Ganz früh eines Morgens. – Ein Blick aufs Meer. Aus dem Englischen von Erich Fried. © Carl Hanser Verlag, München Wien 1973

Unbekannte Verfasser
Dezember, Knecht Ruprecht

Fredrik Vahle, geb. 1942 in Stendal
Erzähl mir eine Geschichte!, Lied vom Weihnachtsmann, aus: ders., Weihnachtsgrüße. © Gertraud Middelhauve Verlag

Hugh Walpole, Auckland (Neuseeland) 13. 3. 1884–1. 6. 1941 London
Der Zauberkünstler, aus: Weihnachten. Prosa aus der Weltliteratur. © Manesse Verlag, Zürich 1987

Ursula Kolarz, in Berlin geboren, lebt seit vielen Jahren in Hamburg, arbeitet hier als Grafikerin und Autorin von Fernsehspielen und Kinderbüchern. Sie liebt «Little Nemo», türkischen Kaffee, Pfauenfedern, englische Möpse und alte Kinderbücher.
Das Foto zeigt Ursula Kolarz vierjährig, als sie früh (und erfolgreich) ihre Karriere als Zeichnerin begann.